デート・ア・ライブ マテリアル2

ファンタジア文庫編集部：編
橘 公司：原作

JN054354

ファンタジア文庫

3112

本文イラスト　つなこ

精霊
THE SPIRIT
隣界に存在する特殊災害指定生命体。発生原因、存在理由ともに不明。
こちらの世界に現れる際、空間震を発生させ、周囲に甚大な被害を及ぼす。
また、その戦闘能力は強大。
対処法1
WAYS OF COPING 1
武力を以てこれを殲滅する。
ただし前述の通り、非常に高い戦闘能力を持つため、達成は困難。
対処法2
WAYS OF COPING 2
——デートして、デレさせる。
デート・ア・ライブ
マテリアル2
DATE A LIVE MATERIAL 2
Spirit No.3
AstralDress NightmareType Weapon-ClockType[Zafkiel]

ONTENT

デート・ア キャラクター

DATE A CHARACTER

A CHARA

SPIRIT
NIA HONJO
本条二亜
識別名〈シスター〉
『若いんだからもっと貪欲にいこうよー』
SpiritNo.2
AstralDress-SisterType
Weapon-BookType[Rasiel]
総合危険度A
空間震規模C
霊装C
天使S
STR （力） 060
CON （耐久力） 059
SPI （霊力） 142
AGI （敏捷性） 064
INT （知力） 245

［一二月末のある日、空腹で道ばたに倒れていたところを士道が助けた精霊。実は五年前DEMに囚われ反転のため様々な人体実験が行われていた。全てを知ることができる囁告篇帙（ラジエル）の力で、人間不信になり、二次元の存在にしか心を開くことができなくなっていたが、精霊たちの力を借りた『士道同人誌計画』によって信頼を勝ち得、封印に成功する。］

02

霊装
Astral Dress

神威霊装・二番（ヨッド）

静謐なる輝きを湛えた修道女型霊装。霊結晶から生じる本来の形に加え、随所に宿主の個性が反映されている。

天使
Weapon-BookType

囁告篇帙（ラジエル）

本の形をした『全知の天使』。この世に存在するありとあらゆる事象を知ることができる。未来を記載することで相手の行動を操ったり、本の中から空想生命を顕現させることも可能。

NIA HONJO
TOP SECRET
「あたしこういう雰囲気は苦手なんだけどなぁ」
好きなもの＝酒
嫌いなもの＝暗い雰囲気
Height-168cm
Bust-76 / Waist-59 / Hip-80

人気漫画家

本条蒼二というペンネームで『週刊少年ブラスト』にて『SILVER BULLET』という作品を連載している人気漫画家の二亜。その人気の高さは五年間の長期休載を経ても、衰えることはなく、心待ちにしていたファンがいるほど。しかもアシスタントを雇わず一人で仕上げている。

オタク

漫画はもちろんのこと、ゲーム、アニメ、同人誌と二次元をこよなく愛すオタク女子。その濃さは漫画連載しながら自身も同人誌を描いて同人誌即売会に参加したり、ネットゲームをやりこんだりと一般のオタクを遥かに凌駕している。また資料用とはいいつつ、士道にコスプレ姿を披露したりとまだ底は見せていない様子。

ムードメーカー

楽しいことが大好きな二亜が仲間に加わったことで、精霊たちの日常はさらに賑やかに。自腹でアニメ製作を行い精霊たちにアフレコへ参加してもらったりと、金に糸目をつけずプライスレスな思い出をつくろうとするのは、もしかしたら過去のトラウマを乗り越えようとする表れなのかもしれない。

橘公司

13巻の表紙では清楚ぶっていましたが、魔法が解けるのは早かった。口絵のにやけ顔がお気に入りです。結構ハードな来歴なのですが、性格は明るく奔放でぐーたら。序盤には出しづらいヒロインでしたが、いざ登場してみると、いなければ寂しいキャラになってくれました。ところで本条先生、原稿の進捗はどうですか？

つなこ

イメージカラーがグレーなので、衣装はつけペンを水差しで洗った時の色をイメージしています。折り返し部分がペンの形だったり、身頃のライン模様が漫画のコマ割りになっています。設定上は二亜がゲームヒロインの或守のオリジナルですが、実は或守の方が先に決まっていたので、方向性を合わせています。

SPIRIT

MUKURO HOSHIMIYA

星宮六喰

識別名〈ゾディアック〉

「むくの選択をうぬにとやかく言われる筋合いはない」

SpiritNo.6
AstralDress-ZodiacType
Weapon-KeyType[Michael]

	【放】状態
総合危険度AAA	総合危険度S
空間震規模AAA	空間震規模AAA
霊装A	霊装AAA
天使S	天使S
STR（力） 142	STR（力） 205
CON（耐久力） 121	CON（耐久力） 192
SPI（霊力） 205	SPI（霊力） 225
AGI（敏捷性） 138	AGI（敏捷性） 221
INT（知力） 067	INT（知力） 067

［〈ラタトスク〉さえも存在が未確認だった精霊。家族に捨てられ星宮家に引き取られたが、その星宮家にも拒絶されたことで絶望し自身の心に封解主（ミカエル）で鍵を掛け、感情を閉ざし宇宙に漂っていた。精霊を救う行為を偽善と切り捨て強い抵抗を示すも、士道の折れない心と真っ直ぐな想い、そして自分と近しい境遇であったことを知り、封印に成功する。］

06

霊装
Astral Dress

神威霊装・六番（エロハ）

星座が描かれた、女仙の如き霊装。優雅な、ともすれば頼りなげな印象を抱かせるが、〈封解主〉によって力を解放された際は、一転、猛将の如き姿へと変貌を遂げる。

天使
Weapon-KeyType

封解主（ミカエル）

錫杖のような形をした鍵の天使。対象を『閉じ』、また『開く』ことができる。その効果範囲は幅広く、人の記憶や力など、形なきものにまで及ぶ。

MUKURO HOSHIMIYA
TOP SECRET
「髪を……切ってくれると申したの」
好きなもの＝芋ようかん
嫌いなもの＝嘘
Height-148cm
Bust-91/ Waist-60 / Hip-88

自慢の長い髪

大好きな義姉に褒められたことが嬉しくて伸ばし続けた髪は、今では地面にまでついてしまう長さに。その義姉に裏切られたと勘違いし、天使の力で自分の心を閉ざした六喰だったが、長い髪を切らなかったのはどこかで義姉とのつながりを残しておきたかったという気持ちが働いたから。

強い独占欲

六喰の心を開くことに成功するも辛い子供時代を過ごしたことで、人一倍愛情に飢えている彼女は、士道に対し自分以外の女性との関係を断つことを迫るほど。その独占欲の強さは、精霊たちから士道の記憶を封印したり、反転体の十香にさえも一歩も引かないほどの荒々しいもので、士道を驚愕させる。

新しい家族

家族として受け入れたことで、強かった独占欲はなりを潜め、伸ばし続けた髪さえも切って良いという関係に。家族となったことで、士道を全面的に信頼してか、今まで以上に年頃の少女らしからぬ無防備な姿をさらすのもなかなかの困りもの。恋人の関係を飛び越え家族となった士道と六喰の前途は多難かも。

橘公司

ちっちゃいけど、おおきい（器の話です）。名前が非常に特徴的な六喰ちゃんです。「食」ではなく「喰」なのがこだわり。口調は最後まで迷っていたのですが、女仙型霊装ということで「のじゃ」に。「むく」という一人称がかわいい。チャームポイントは長い髪です。三つ編みにして肩に巻いているのもまたいとをかし。

つなこ

とにかく長ーい髪が特徴です。表紙のポーズはジャンプではなく、宇宙にいるので無重力です。宇宙で地球の傍に浮かんでいる…月…うさぎ！？という発注から、チャイナ要素も、足すことになり、宇宙空間の中で星のように鮮やかなキャラクターになりました。鎧パーツは封解主と同じで鍵の形をしています。

NIBELCOLE

〈ニベルコル〉

『あたしは一にして全、全にして一』

SpiritNo.2i-Extra
AstralDress-NunType
Weapon-PageType[Beelzebub-Yeled]

好きなもの＝お菓子
嫌いなもの＝説教

Height-158cm
Bust-83 / Waist-58 / Hip-84

総合危険度A	
空間震規模C	
霊装C	
魔王C	
STR（力）	052
CON（耐久力）	043
SPI（霊力）	056
AGI（敏捷性）	099
INT（知力）	053

［ウェストコットが二亜の霊結晶を取り込み顕現した魔王〈神蝕篇帙〉の力で生み出された疑似精霊。一体一体の力は精霊たちに及ばないものの、そのぶん数で敵を圧倒し、たとえやられてもほぼ無限に復活することができる。主であるウェストコットの命令には忠実で、非常に好戦的。しかし最大の弱点は士道。士道が愛の言葉をささやくだけで、無力化することができる。］

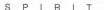

霊装
AstralDress

禁呪霊装・二番・片
(カイギディエル・イェレッド)

簡易的な修道女型霊装。強度自体はさほどではないが、彼女の恐ろしさは「数」の力である。魔王〈神蝕篇帙〉が破壊されない限り、彼女が命を失うことはない。

魔王
Weapon-PageType

神蝕篇帙・頁
(ベルゼバブ・イェレッド)

〈囁告篇帙〉の反転した姿である〈神蝕篇帙〉、そのページ一枚一枚に力が宿ったもの。紙飛行機や折り鶴のような形をとって敵を攻撃することもあれば、複数の頁が一つの個体に集まって身体を鎧うこともある。

橘公司

〈神蝕篇帙〉から生まれた疑似精霊、ニベ子です。誰かに顔が似ている。登場タイミングや立ち位置的に、あまり日常風景を描くことができなかったキャラではありますが、もし彼女らが学校に通ったりしていたら、たぶんギャルっぽい言動をするのではないかと思います。亜衣麻衣美衣あたりと仲良くなりそう。

つなこ

本物に対して分身がいる狂三とは対象的に、ニベルコル達は全体で一つというキャラクターなので、一人一人は二亜や鞠亜を元にしたシンプルな格好にして、単体としての特徴があまり強くならないようにしました。髪型がちょっと学生っぽいです。目の色は二亜の特徴を受け継いでいます。(鞠亜もバグる前は同じ色だったのかも?)

SPIRIT
MIO TAKAMIYA
崇宮澪
識別名〈デウス〉
『――ずっと、会いたかった。
ずっとずっと、逢いたかった』
SpiritNo.0
AstralDress-DeusType
Weapon-FlowerType[Ain Soph Aur]
TreeType[Ain Soph]
SeedType[Ain]
総合危険度SSS
空間震規模SSS
霊装SSS
天使SSS
STR （力） 999
CON （耐久力） 999
SPI （霊力） 999
AGI （敏捷性） 999
INT （知力） 999

「三〇年前に世界へ顕現した〈始原の精霊〉。崇宮真士に拾われ、交流を深め心を通わすが、真士が自分とは違い永遠の命を持たないことを知り、自分と同じ存在にするべく五河士道として産み直す。すべての霊結晶が揃ったことで士道を真士に戻す計画を実行に移すが、最後は士道たちを守るため、ウェストコットの魔王と相打ちになり、消えていった。」

00

霊装
Astral Dress

神威霊装・零番（ヤー）

全ての根源たる女神型霊装。圧倒的な霊力で編まれたその衣は、如何な天使の一撃を受けようと傷一つ付かない。もしこの霊装を破れる者がいるとしたなら、それは澪の力を有する者のみだろう。

天使
Weapon-FlowerType

万象聖堂（アイン・ソフ・オウル）
輪廻楽園（アイン・ソフ）
〈　　　〉（アイン）

全てに死を与える〈万象聖堂〉、全てを支配する〈輪廻楽園〉、全てを消し去る〈　　　〉の三種を持つ。それぞれ、花、樹、そして種の形をしている。何ものであろうと、その力に抗うことは不可能である。

MIO TAKAMIYA
T O P S E C R E T
「君には、待っている子たちがいるんだから」
好きなもの＝海
嫌いなもの＝別れ
Height-160cm
Bust-89 / Waist-60 / Hip-87

始原の精霊

ウェストコット、エレン、ウッドマンの三人によってこの世界に顕現した最初の精霊。崇宮真士に拾われ、三〇日に出会ったということで「澪」という名前を付けられる。真士と一緒に街を出歩いた際に、クレーンゲームでとったクマのぬいぐるみをプレゼントされ「好き」という気持ちに気付き想いを伝える。

村雨令音

真士を自分と同じ存在にするべく、士道として産み直した澪。精霊を作り出すため〈ファントム〉として暗躍しながら、村雨令音として士道をサポートするため〈ラタトスク〉の解析官を務めるという二つの顔を使い分けていた。〈ラタトスク〉に回収され最初に目覚めた時、士道が聞いたのは令音の澪としての言葉だった。

すべては愛する人のため

考え得る限りのことをなんでもしてきたという澪。すべては真士と再会し、恋人同士として悠久の時を過ごすため。それはどこまでも純粋で、どこまでも強い想いだった。しかしその想いを叶えることができないまま、澪は士道たちを守るため消滅してしまう。——けれど、消えゆく澪の耳に届いたのは、愛しい真士の声だった。

橘公司

始原にして最強の精霊・澪。けれどその実体は、少年に恋した一人の女の子でした。最初期から構想していたため思い入れが非常に強く、自分でもびっくりするくらい好きなキャラクターになりました。あの結末は間違いなく澪にとってのトゥルーエンドですが、正直つらい。澪のいる日常をもっと描いてみたかったです。

つなこ

「始原の精霊」なので、他のキャラクターのような現代の既製服寄りではなく、ファンタジー色を強めにしました。形状はマタニティドレスをイメージしています。衣装や葉っぱの飾りがほとんど全部光の謎素材でできていて、水滴のような透明色です。設定上関連のあるキャラクターを髣髴とさせる髪型をしています。

SPIRIT
BEAST
ビースト
識別名〈ビースト〉
『……名、か。……そんなものは、忘れた──』
SpiritNo.???
AstralDress-BeastType
Weapon-BladeType[Metatron]
[Rasiel]
[Zafkiel]
[Zadkiel]
[Camael]
[Michael]
[Haniel]
[Raphael]
[Gabriel]
[Sandalphon]
総合危険度SSS
空間震規模SS
霊装SS
天使SSS
STR（力）510
CON（耐久力）492
SPI（霊力）502
AGI（敏捷性）345
INT（知力）32

DEM・澪との戦いが終結し、十香消失から一年。士道たちの前に突如として現れた謎の精霊。対話を試みるも敵意をむき出しにて、なぜか士道を執拗に狙う。力を取り戻した精霊たちの活躍により、ようやく沈静化させることに成功する。

霊装
Astral Dress

???

襤褸の如く千切れ擦り切れた外套に、罅の入った霊装。華奢にすら見える少女の姿は、巨大な爪と合わさり獰猛な獣を想起させる。

天使
Weapon-BladeType

〈鏖殺公〉(サンダルフォン)／一〇の剣

獣の爪と化した〈鏖殺公〉と、剣の形と化した天使および魔王。手にした剣の力を発現することができるため、二つ以上の並行使用も可能。〈ビースト〉を覆うように浮遊するその様は、さながら檻のようでもある。

BEAST
TOP SECRET
「シドーは、どの世界でもシドーなのだな」
好きなもの＝思い出
嫌いなもの＝孤独
Height-155cm
Bust-84 / Waist-58 / Hip-83

存在しないはずの精霊

精霊の存在が消失したはずの士道たちの世界に顕現した謎の精霊〈ビースト〉。その正体は――士道が死んだことに絶望し、精霊たちの力を取り込み破壊の限りを尽くした並行世界の十香だった。彼女のまわりを浮遊する剣は取り込んだ精霊たちの天使を使うことができ、その力は絶大。

揺るぎなき強い決意

精霊としての力を取り戻した琴里たちの活躍により、元の世界へと戻った〈ビースト〉。士道は彼女のいる世界へと向かい、デートに誘って、自分たちの世界で暮らすよう提案する。しかし彼女が望んだのは、死んでしまったが士道と出会い、一緒に生きた思い出が残る世界で生きていくことだった。

橘公司

実は精霊の中でも指折りに好きなデザインです。天使が全て剣の形になっているのが超絶格好いい。よくよく要素を見ると十香なんだけど、ぱっと見ではわからない、という絶妙なラインだと思います。22巻の制服姿もよきもの。正気を取り戻したあと、ちゃんと士道の誘いを断るところが好きです。それはそれとして幸せにはなってもらうがな。

つなこ

全天使を使える状態ということで、劇場版の装備「エンスフォール」がアレンジ元です。衣装の宝石は内部がひび割れたクラック水晶。力の暴走と心が死んでいるのが合わさって、目の中心に穴が開いたような大きな光があります。色素は抜けてしまい、髪の毛先だけわずかに元の色です。ボロボロのマントが遠目に亡霊のように見えるイメージで描いていました。ビー香世界の外伝も続きを読みたいです！　救われて欲しい。

SPIRIT
YAMAI KAZAMACHI
風待八舞
識別名〈ベルセルク〉
「君がわたしに、勇気をくれた」
SpiritNo.8
AstralDress-BerserkType
Weapon-BallistaType[Raphael]
好きなもの＝ヘヴィメタル
嫌いなもの＝春菊
Height-180cm
Bust-102 / Waist-66 / Hip-98
総合危険度S
空間震規模S
霊装AAA
天使AAA
STR（力）226
CON（耐久力）198
SPI（霊力）204
AGI（敏捷性）386
INT（知力）178

［精霊となった八舞耶倶矢、夕弦が一時的に融合した姿。精霊になる前の風待八舞は『双子で生まれるはずだった人間』——バニシングツインで、霊結晶を澪から与えられた際に、生まれたのが耶倶矢、夕弦であることが〈ラタトスク〉の調査によって判明する。事実を知り衝撃を受ける耶倶矢、夕弦だったが士道の言葉に背中を押され、二人の人間として生きていくことを決意する。］

08

霊装
Astral Dress

神威霊装・八番（エロヒム・ツァバオト）

身体を覆う拘束衣のような鎧の騎士型霊装。背中には両翼の翼があり、首には長い襟巻（マフラー）が巻かれている。

天使
Weapon-BallistaType

颶風騎士（ラファエル）

右手に突撃槍【穿つ者（エル・レエム）】、左手にペンデュラム【縛める者（エル・ナハシュ）】を持ち、両肩の翼との組み合わせによって巨大な弓矢【天を駆ける者（エル・カナフ）】や、巨大な投擲槍【貫く者（エル・ツォフェル）】、巨大な盾【護る者（エル・ペゲッ）】など様々な形態を取ることが可能。巨大な弩弓【蒼天を征く者（エル・イェヴルン）】が奥義となる。

RATATOSKR
MARIA
マリア
「マリアはいうことをきかない」
〈フラクシナス・エクス・ケルシオル〉への改修にあたりコミュニケーションが可能となった〈フラクシナス〉の管理ＡＩ。のちに二亜の〈囁告篇帙〉の権能と顕現装置によりリアルボディも手に入れる。精霊の力消失後は〈ラタトスク〉がインターフェースボディを用意し、複数体稼働中。
好きなもの＝美しいソースコード
嫌いなもの＝締切前だというのに何かと言い訳をつけては酒を呑もうとし目を離すとサボろうとする自堕落な漫画家
Height-158cm
Bust-84 / Waist-58 / Hip-85

フラクシナス・エクス・ケルシオル

〈FRAXINUS EX CELSIOR〉 ASS-004-2

改修を経て生まれ変わった新たなる〈フラクシナス〉。全長255m。AIのコールサインは『マリア』。
新型基礎顕現装置（ベーシック・リアライザ）AR-009を二四基搭載。二重に随意領域（テリトリー）を展開し、それらを反発させることによって、スラスターに頼らない自由な駆動が可能となった。また、精霊の霊力を変換、供給する装置、システム・ブロートによって、一時的に随意領域に限界値を超えた力を付与することができる。

主要兵装
収束魔力砲　〈ミストルティン〉
補助魔力砲　〈ブルトガング〉
精霊霊力砲　〈グングニル〉
迎撃用ミサイル　〈ブリューナク〉
汎用独立ユニット　〈世界樹の葉（ユグド・フォリウム）〉

霊力変換装置　システム・ブロート

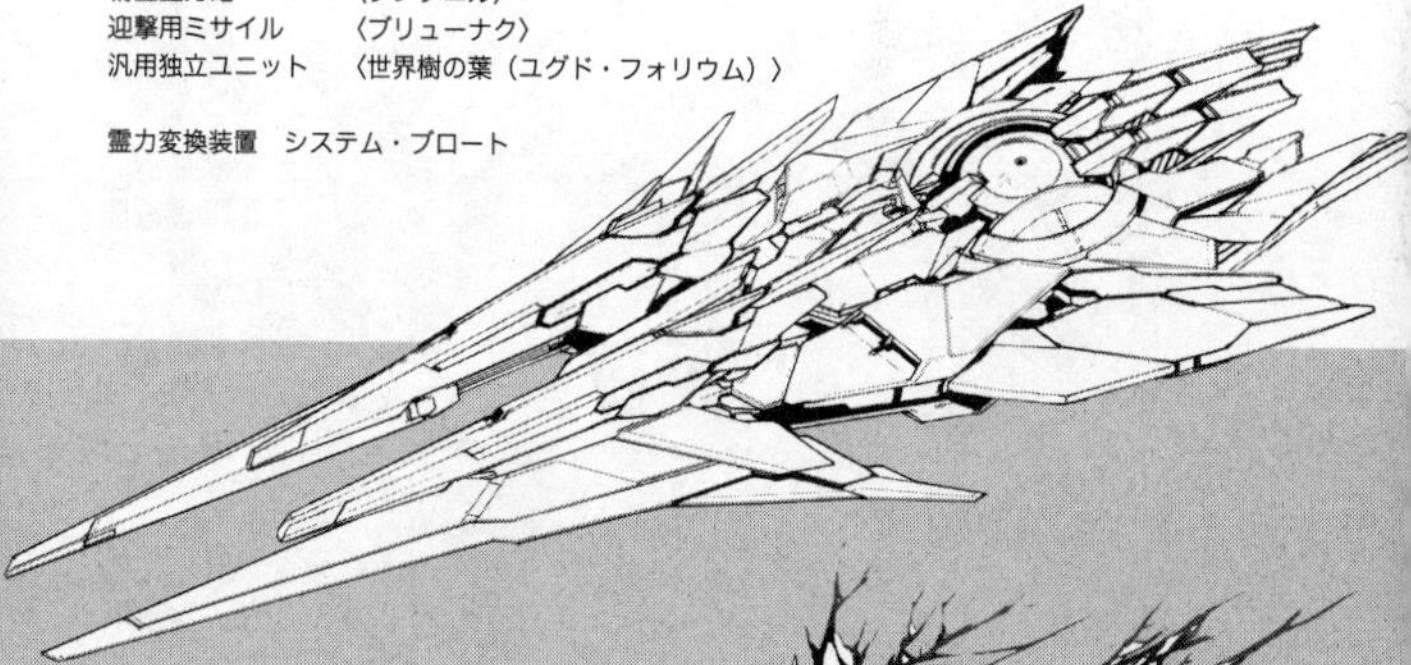

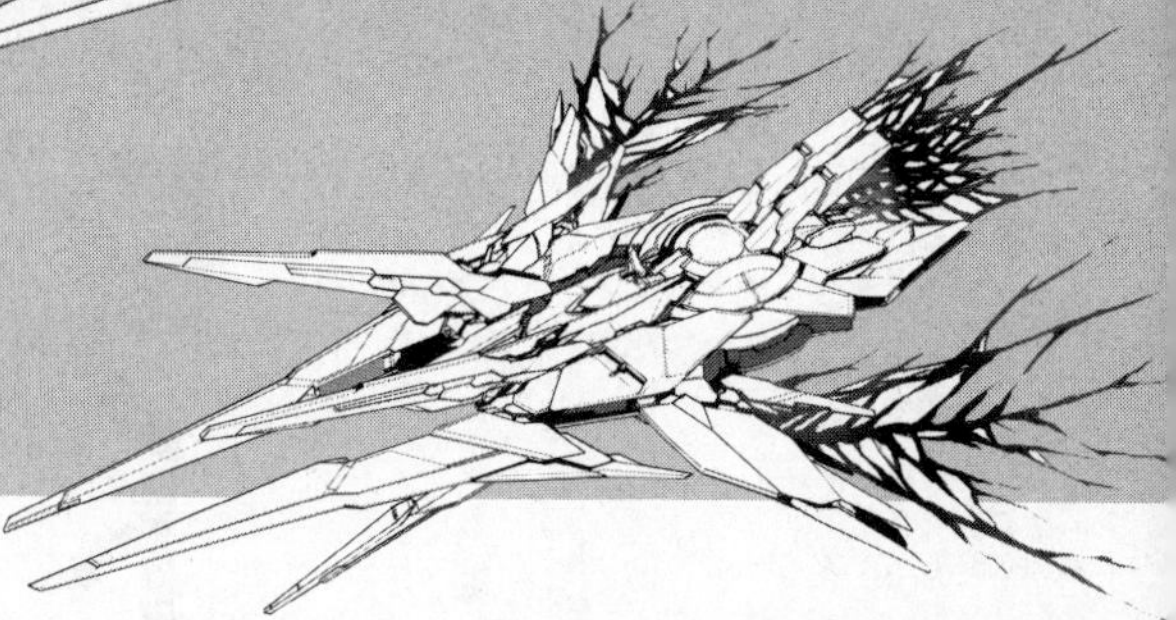

システム・ブロート
発動時

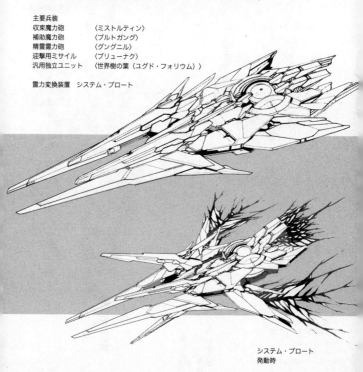

DEM

ARTEMISIA BELL ASHCROFT

アルテミシア・B・アシュクロフト

「よかった。
——精霊なら心置きなく、殺せる」

エレン、真那と並ぶ世界最高峰の魔術師でイギリス所属の対精霊部隊SSSの元エース。脳死状態だったところを美紀恵と折紙の活躍によって意識を取り戻すことに成功するが、DEMの手によって洗脳を受け、ウェストコットの部下として〈ラタトスク〉と敵対する。本来は穏やかで優しい性格のアルテミシアだが、洗脳の影響によって精霊に対しては極めて冷酷な殺意を向ける人格に豹変する。

好きなもの＝仲間
嫌いなもの＝しつこい人

Height-162cm
Bust-89 / Waist-62 / Hip-88

ノックス KNOX

「俺らは、『資材A』を逃しちまったんですよ」

太平洋ネリル島の実験施設から『資材A』を輸送していた責任者。処分を免れるもDEM社からの転職を考える。

バートン BURTON

「一体……どういうことでしょう」

ノックスの部下で『資材A』を逃亡させてしまった過失の処分に怯える。

アーネスト・ブレナン ERNEST BRENNAN

「地上から……？　どういうことだ」

〈レメゲトン〉艦長で階級は大将相当官。〈ラタトスク〉との全面戦闘の際、天宮市からの予想外の地上攻撃を受け、動揺する。自尊心が強く劣勢を認めたがらない制服組の中では珍しく、驕らず客観的な視点を持つ。ウェストコットに艦隊司令官を任されるも澪の攻撃に沈む。

アイリーン・フォックス IRENE FOX

「当該ポイントの精霊に突っ込んでちょうだい。援護するわ」

DEM第二執行部所属の魔術師。燎子たちを犠牲にして精霊に攻撃するが、六喰の力で自らの砲撃を受け倒される。

シャーロット・マイヤー CHARLOTTE MAYER

「勝ち目のない勝負はしない主義なの。痛いのは嫌いだしね」

SSSからウェストコットがスカウトした新人魔術師。デイジー、イザベラとともに銀行強盗を企てるも、偶然居合わせた真那によって鎮圧される。

ドミニカ・シェリンガム DOMINICA SHERINGHAM

「なぜウェストコット様はあんな女を重用するのよ！」

DEM第一執行部所属の魔術師。エレンを目の敵にしていて、エレンに水泳勝負を仕掛けるも彼女のビート板〈プリドゥエン〉（偽）の前に敗北。

アン ANN

「うう……理不尽です」

DEM第一執行部所属の魔術師。エリートなはずだが、弱々しい態度で常にドミニカに理不尽な怒りをぶつけられている。理不尽さが足りないときはドミニカを心配する。

ジュディ・ブラッドベリ JUDY BRADBURY

「私の仕事を邪魔するつもりなら容赦はしませんよ」

精霊を監視するDEM第一執行部諜報員。文月と羽原を第二執行部の諜報員と勘違いし、警戒を強める。

OTHERS

倉内先生 KURAUCHI

二亜が漫画家を目指したきっかけとなる『時空綺譚（クロニクル）』を描いた人気漫画家。『時空綺譚』に登場する朱鷺夜は男キャラだが二亜は「あたしの嫁」と公言するほど愛している。

志藤五樹 SHIDO ITSUKI

「はは……二亜って、面白い子だな」

女性向け恋愛シミュレーションゲーム『恋してマイ・リトル・シード　～ガールズサイド～』体験版に登場する、優しく包容力のありそうな雰囲気の、中性的な顔立ちをした少年。CV は五河士道。

高城弘貴 TAKAJO HIROKI

「しかしながら……小生がそこまでお役に立てるかどうか」

人気漫画『アザーフェイク』を連載している女性漫画家。仲が良かったと思っていた二亜から急に疎遠にされ気にしていたがコミックコロシアム後、再び親交を深める。

MUNECHIKA

「おやめください。昔の話でござりますよ」

『舌足らずな幼い妹からの呼称はお兄たんかお兄たまか』の方向性の違いからサークルが分裂し、活動を休止していた伝説のサークル『妹々かぷり』の代表。本名は中津川宗近。

山内紗和 YAMAUCHI SAWA

「そんなに猫がお好きなら、狂三さんも飼えばよろしいのに」

狂三が精霊になる前に通っていた高校のクラスメイトで、親友の少女。アメリカンショートヘアのマロンという猫を飼っていて、狂三はその猫に会うため頻繁に紗和の家に遊びに行っていた。

崇宮真士 TAKAMIYA SHINJI

「出会った日が三〇日だったろ？　だから三〇(ミオ)……」

真那の兄。始原の精霊を保護し、澪という名前を与えた少年。ウェストコットから澪を助けるため、命を落としてしまう。

穂村遥子 HOMURA HARUKO

「話は聞かせてもらったわ！」

真那のド親友で一四歳の女子中学生。真那から相談を受け澪のデート服をコーディネートする。真士の友人である竜雄先輩のことが好きで後に結婚し五河遥子となり、士道を養子に迎える。

亜子、麻子、美子 AKO,MAKO,MIKO

「ちょっと！　今の美少女誰よ崇宮くん！？」

「もしかしてあれが噂のカノジョ！？」

「聞いてないんですけど！？」

真士のクラスメイトの仲良し三人娘。面白そうな話をしていると耳ざとく聞きつけ、駆け寄ってくる。

操田 KURITA

「――新郎様、新婦様のご準備が整いました」

士道と折紙のフォトウェディングプランを担当した『インペリアルホテル東天宮』の従業員。

氷芽川渚沙 HIMEKAWA NAGISA

「お母さんは四糸乃大好き人間だぞぉぉぉ！」

四糸乃の母親。闘病中の四糸乃を励ますため、自作したウサギのパペット『よしのん』をプレゼントする。職場の事故で不慮の死を遂げる。

澄田果穂 SUMIDA KAHO

「ごめんなさいね。歳を取ると涙もろくなっちゃって」

四糸乃がかつて入院生活を送っていた病院で働く師長。五〇代くらいの上品そうな女性で、四糸乃が母親のために作った『よしのんジュニア』を保管していた。

星宮朝妃 HOSHIMIYA ASAHI

「……あのときより、ずっと綺麗」

六喰の義姉。二〇代半ばの会社員。六喰との記憶を六喰自身によって封印されていたが、偶然再会を果たし記憶を取り戻す。

金剛寺かおる KONGOUJI KAORU

「お洋服着て立ってるだけでいいからっ！」

街を歩く令音をモデルにスカウトした芸能事務所『アルトプロダクション』のスカウトマン。口調と声からは想像できないような大柄な男性。

エリヤラット・ヴァーヤナディー ELIJAHRAT VERYAHNADI

「あいつにだけはクレルを任せられないわ……だから……！」

京都で行われる意見交換会に参加するため訪日したクレル王国第三王女。第一王女の手の者から何度も命を狙われるが、通訳を依頼した令音に救われる。

丸那ありす MARUNA ARISU

「……は？　誰？」

二亜でさえも八〇種類ほどのバッドエンドを出してしまうほど攻略難易度の高いギャルゲーヒロイン。一〇〇近くの選択肢の中から正解を選び出さなければならないのだが、反応が生々しい。

富良野健造 FURANO KENZO

「アニメってのはアクシデントとアンバランスだからね！」

二亜の漫画『ネクロニカ』OVA の監督。アドリブと帳尻合わせの天才と言われているが、行き当たりばったり過ぎる制作手法に一〇社の制作スタジオから出禁を食らっている。あだ名はフランケンシュタイン。

寅倉 TORAKURA

「本日はよろしくお願いしますネ」

『ネクロニカ』OVA の制作プロデューサー。ハードワーカーとして有名で、一緒に仕事をした相手は皆精気を抜かれたようになる。あだ名はヴァンパイア。

光井 MITSUI

「まさか本条先生が女性とは……驚きましたよ」

『ネクロニカ』OVA の音響監督。あまりにも厳しい指導で、一緒に仕事をした相手は皆精気を抜かれたようになる。あだ名はミイラ男。

崎場 SAKIBA

「うふふ。本当に。とってもお綺麗で……」

『ネクロニカ』収録スタジオ『スタジオグレイヴ』のスタッフ。なぜか一緒に仕事をした相手は皆精気を抜かれたようになる。あだ名はサキュバス。

【ファティマ】 FATIMA

「ここまで私を追い詰めた褒美だ。見せてやろう」

人気 MMORPG ポラリス・オンラインを荒らし回る悪質プレイヤーキラー。レベル 99 で職業は最上級職のワールドブレイカー。レベル1の冒険者が投げた『石』によって倒される。

牛山 USHIYAMA

「戦に赴く際、戦闘装束を身に着けるのは当然よ！」

水牛のような角の付いたヘルメットを被った筋肉質な大食戦士（フードファイター）。〈至高肉塊（ステキステーキ）〉の異名を持ち、ステーキの一気食いを得意としている。大食い選手権ではヘルメットの角が両隣の選手を妨害したとして、失格。

勝田 KATSUTA

「早く今日の生け贄をーッ！」

まるまると太った体躯の大食戦士。〈油は飲み物（ゴックンオイリオ）〉の異名を持ち、トンカツをこよなく愛する。大食い選手権では油っ気のないパンが喉に詰まり、リタイア。

富良井 FURAI

「ヒャッハー！」

鶏のトサカのように見事なモヒカンを誇る大食戦士。〈健啖鬼（ケンタッキ）〉の異名を持ち、フライドチキンの早食いにおいて右に出る者はいない。大食い選手権では鶏肉以外の肉が苦手であることを思い出し、敗北。

綾小路花音 AYANOKOJI KANON

「私を舐めた罪は何より重い」

琴里の通う中学のクラスメイトで学級委員長。竜胆寺女学院に通う花梨の妹で姉ゆずりのプライドの高さを持ち、体験入学にやってきた四糸乃と七罪にマウントを取ろうとするも失敗。嫌がらせを仕掛けるもことごとく妨害を受け、最終的には反省して四糸乃と七罪の友達になる。

小槻紀子 OTSUKI NORIKO

「えぇ……何するつもりですか？」

花音の取り巻き。暴走しがちな花音にいつもやんわりと注意をするのだがスルーされる。

日向英子 HIMUKAI EIKO

「――盟約の時来たれり。参りましょうか、『ヘルメス』」

なぜか右手に包帯をぐるぐる巻いている女子で、耶倶矢のクラスメイト。別名『オネイロス』。文芸部員がネタに困った時、不定期に行うネタ出し会『賢人会議』のメンバー。

OTHERS

安形結愛　AGATA YUA

「結愛、新しい彼が出来たんだけどぉ」

甘ったるい香りが漂ってきそうなゆるふわ女子で、夕弦のクラスメイト。夕弦が伝授した八舞式ボディタッチで彼氏をゲットした。

不知火・緋澄・リリエンベルク　SHIRANUI HIZUMI LILIENBERK

「君の歌詞を初めて耳にしたときは心が震えたよ」

来禅高校軽音楽部でゴシック系パンクバンドを組んでいる女子生徒。時折『幻夜』（耶倶矢）に歌詞の制作を依頼している。

樫井絵菜　KASHII ENA

「見つけましたよゆづ先輩！」

来禅高校服飾部に所属する女子生徒。部員お手製の服を着るモデルをスタイルの良い夕弦に依頼していた。

蓮沼咲子　HASUNUMA SAKIKO

「自分に任せろって言ってくれたじゃないですか……」

来禅高校二年一組の女子生徒。二組の杉山くんのことが気になっていることを夕弦に相談したところ、放課後校舎裏に杉山くんが来る手紙を出すよう指示される。

ロザリー・ウエルベック　ROSALIE WELBECK

「私たちの家が代々受け継いできた、大切な宝物なんです……」

竜胆寺女学院に交換留学生としてやってきた少女。怪盗ライラックに家宝の宝石『薔薇少女（ローダンテ）』を盗まれ、美九に相談する。

阿久津賢造　AKUTSU KENZO

「おのれ、小癪な。何者かは知らんが、これは絶対に渡さんぞ……！」

ずんぐりした体躯に白髪頭が特徴的な六〇余りの男。『薔薇少女』を含む世界各国の美術品や宝飾品をあくどい方法で収集している。

ライオネル・ブラック　LYONEL BLACK

「私が直々に相手をしてやりますよ。もちろん、特別ボーナスを弾んでもらいますがね」

別名怪盗ライラック。阿久津の依頼で『薔薇少女』を盗んだ元 DEM の魔術師。DEM では名の知れた魔術師と自称するも折紙に一〇秒くらいで倒される。

怪盗ローズ　ROSE

「もし縁があったら、またお仕事をお願いしたいくらい」

犯行現場にカードを残すタイプの怪盗。犯人はロザリー。

魔弾の藍子、堅牢の瑠里花、滅殺の混沌琉　RANKO,RURIKA,KAORU

「どうやら我々の出番のようですね」
「相手にとって不足はないわ」
「殺ス殺ス殺ス殺ス殺ス殺ス」

曲者揃いの AST 第四分隊メンバー。曲者揃いのわりには、能力測定の結果は非凡の一言。魔弾の藍子の「魔弾」は二つ名ではなく名字で本当の漢字は「間団野」。

逢坂　OSAKA

「皆さんにどうか、よいご縁がありますように！」

株式会社エンカウンターの社員。珠恵と令音が参加した天宮市婚活パーティーの司会を務める。挨拶を手短に済ませるのがモットー。

沢村　SAWAMURA

「あの、お、お綺麗ですね」

天宮市婚活パーティーで令音が話した、三〇代半ばぐらいの眼鏡をかけた真面目そうで物静かな男性。

関口　SEKIGUCHI

「は、はあ……」

天宮市婚活パーティーで珠恵が話した男性。三人兄妹の次男で兄と妹がいる。職業は銀行員。ぐいぐいくる珠恵に萎縮する。

五河竜雄、五河遥子　ITSUKA TATSUO,ITSUKA HARUKO

「士道と琴里に会うのも久々だなあ。元気にしてたかい？」
「久々にしーくんのご飯食べたーい」

海外出張中の士道と琴里の両親。〈ラタトスク〉の母体であるアスガルド・エレクトロニクスの社員で顕現装置や〈フラクシナス〉の開発に携わっていた。まとまった休暇が取れると、士道と琴里に会うため天宮市に帰ってくる。

青木 AOKI

「本日はどういった物件をお探しでしょうか？」

不動産会社『天宮ハウジング』で二亜の引っ越しの相談を担当した女性。予算が低い相手には欠陥住宅や事故物件をしれっと紹介してくる。

古見健輔 KOMI KENSUKE

「大丈夫です！　この原稿なら絶対にOKが出ます！」

週刊少年ブラスト編集部員。七罪が持ち込んできた漫画を読み、即座に増刊での掲載を提案するも編集長から本誌に掲載しろと叱られる。

野辺礼人 NOBE RAITO

「あらゆる条件を呑むと伝えろ！」

アストラル文庫編集長。七罪が『Nuts』のペンネームで Narrow に投稿した小説を読み、即座に編集部員へ書籍化依頼のメールとアニメプロデューサーに話を通すよう一喝する。

MAIKO

「あのとき、アタシは二度目の誕生を迎えたのよ」

株式会社アポロンミュージックのプロデューサー。七罪が『なつ P』として動画投稿サイトに投稿した音楽を聴き、一瞬で虜になり早急にコンタクトを試みる。

夏日啄麿 NATSUBI TAKUMA

「あの曲があったお陰で、今の僕があるのは間違いないです」

七罪が作った音楽を聴き、サラリーマンを辞めストリートミュージシャンになる。芸名は『なつP』から取っている。

恐山恐太郎 OSOREZAN KYOHTARO

「信じるか信じないかは、あなた次第です」

都市伝説研究家。『なつ P』が動画サイトに曲をアップした日時は、天才作曲家・守利アルトの命日とまったく同じであることから彼の関係者であるという噂を広める。

『料理』の文絵 FUMIE

「料理中に意地悪な姑の妨害があることくらい想定せねばならんだろうが」

頂上に到達できる者は一〇〇人に一人と言われる魂活寺花嫁修業最難関、血魂雄雌出塔の第一階層の番人。挑戦者の料理中に妨害を仕掛けてくる。

『房中術』のヒトミ HITOMI

「いつまでも、初心なねんねじゃいられないのよぅ？」

血魂雄雌出塔、第二階層の番人。描写し過ぎるとアレなため、詳細はわからなかったが房中術グロリアスマシンガンの使い手。

『花嫁』美佐子 MISAKO

「下の子が熱出しちゃったみたいで……また今度にしてもらえませんか？」

血魂雄雌出塔、最上階の番人。魂活寺の全てを修め、とてつもない婚気（オーラ）を放つクイーン・オブ・ブライド。その正体は五回結婚して子供が八人いるシングルマザー。別れた男性の中には川越もいるのは内緒。

文月春海 FUMIZUKI HARUMI

「──私の勘が正しければ、誘宵美九には間違いなく男がいるわ」

週刊ウェンズデーの芸能記者。人事異動で別の部署へ飛ばされそうになっているため、アイドル美九のスキャンダル狙っている中、偶然にも〈ラタトスク〉の基地を発見する。

羽原智華 HABARA CHIKA

「テレビで可愛い女の子と共演してるとき、
たまにアイドルがしちゃいけない顔してる気がするんですけど……」

文月の後輩で同じく芸能記者。核心をつく発言も多く勘が鋭いのだが、文月に一蹴される。

権田秀夫 GONDA HIDEO

文月の会社の部長。五二歳。妻子持ちだが、倦怠期で家庭内別居状態。バレバレのカツラを被っていて、最近は尿漏れに悩まされている。

上本和成 UEMOTO KAZUNARI

文月の会社の社長。六〇歳。妻子持ちだが、倦怠期で家庭内別居状態。

まいん MAIN

麻衣が大学で仲良くなった友人。亜衣と美衣がデートの時は、二人で遊びに出かけている。ちなみに亜衣は岸和田、美衣は殿町と付き合い始めた。

蓮 REN

「さあさ、貴方様は一体何を願われますか？」

ゲーム『蓮ディストピア』に登場するオリジナルキャラクター。精霊たちを夢の世界に誘い、望む願いを叶える能力を持っている謎の精霊。

万由里 MAYURI

「あんたのこと、
嫌いなわけないじゃん」

劇場版「万由里ジャッジメント」に登場するオリジナルキャラクター。霊力の器となる士道を監視・審判する役割を持った少女。

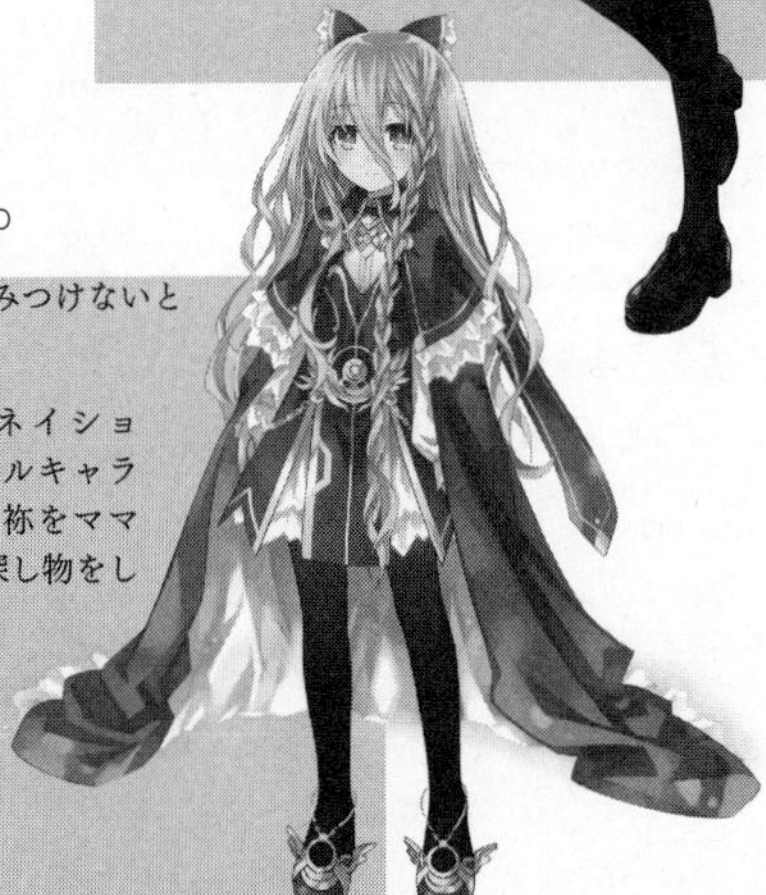

園神凜緒 SONOGAMI RIO

「いちばんだいじなものをみつけないとだめなんだよ」

ゲーム『凜緒リンカーネイション』に登場するオリジナルキャラクター。士道をパパ、凜祢をママと呼ぶ幼い少女で、何か探し物をしている。

デート・ア・エピソードランキング

DATE A EPISODE RANKING

A EPISOD

読者投票によって選ばれた「デート・ア・ライブアンコール」シリーズに収録された全63本の短編の人気ランキングを発表！

投票期間：2020年9月18日～2020年10月20日

1位 十香アフター

デート・ア・ライブ
アンコール10

INTRODUCTION

一年ぶりに十香と再会を果たした士道。何でも付き合うという士道に、十香がリクエストした『したいこと』とは——。

つなこ描き下ろし記念イラスト

2位

狂三スターフェスティバル
デート・ア・ライブ
アンコール

INTRODUCTION

七月七日。士道は最悪の精霊——時崎狂三と出会う。思い出が欲しいという狂三はウェディングドレスに着替え——。

3位

十香ゲームセンター
デート・ア・ライブ
アンコール

INTRODUCTION

クラスメイトの折紙と口論になり、精神状態が不安定になった十香のために士道は、ゲームセンターデートを提案する。

4位

狂三サンタクロース

デート・ア・ライブ
アンコール3

INTRODUCTION

狂三四天王にのせられて、狂三はサンタ姿になって聖夜を駆け巡る。たったひとりの男性にプレゼントを渡すため。

5位

六喰ゲイシャ

デート・ア・ライブ
アンコール8

INTRODUCTION

伝説的花魁の六喰太夫に気に入られた侍の士道は、六喰の身請けを懸け楼主の二亜と対決をすることに。

6位

狂三フレンド

デート・ア・ライブ
アンコール10

INTRODUCTION

目覚めると目の前には死んだはずの山打紗和の姿。狂三は違和感を覚えながらも、優しい世界での日常を親友と過ごす。

7位

土織スピリット
デート・ア・ライブ
アンコール8

INTRODUCTION

突如出現した士道によく似た〈ドッペルシドー〉と呼ばれる謎の精霊・士織をデートして、デレさせろ!?

8位

二亜ギャルゲー
デート・ア・ライブ
アンコール6

INTRODUCTION

二亜の家に呼び出され、ギャルゲーの攻略を手伝うことになった士道はとんでもない難易度に苦しめられる。

9位

六喰ヘアー
デート・ア・ライブ
アンコール6

INTRODUCTION

六喰の長い髪を事故で切りすぎてしまった士道。何とかしようと精霊たちの力を借りるのだが……。

10位

狂三バレンタイン

デート・ア・ライブ

アンコール7

INTRODUCTION

迫るバレンタイン。士道へプレゼントを渡したい強行派の『わたくしたち』を止めようと、狂三は奔走する。

11位 精霊キングゲーム
デート・ア・ライブ
アンコール2

12位 士織ペナルティ
デート・ア・ライブ
アンコール3

13位 折紙インポッシブル
デート・ア・ライブ
アンコール

14位 七罪チャレンジ
デート・ア・ライブ
アンコール9

15位 琴里バースデー
デート・ア・ライブ
アンコール

16 四糸乃ファイヤーワークス
デート・ア・ライブ
アンコール

17 五河ペアレンツ
デート・ア・ライブ
アンコール9

18 七罪ダブル
デート・ア・ライブ
アンコール8

19 開幕は闇の中で／その幕を下ろすのは
デート・ア・ライブ
アンコール8

20 八舞ランチタイム
デート・ア・ライブ
アンコール

21 美九オンステージ
デート・ア・ライブ
アンコール3

22 二亜ハウス
デート・ア・ライブ
アンコール9

23 精霊クルージング
デート・ア・ライブ
アンコール9

24 四糸乃ハイスクール
デート・ア・ライブ
アンコール4

25 精霊ワーウルフ
デート・ア・ライブ
アンコール10

26 美九バーグラー
デート・ア・ライブ
アンコール7

27 士道ハンターズ
デート・ア・ライブ
アンコール2

28 精霊スノーウォーズ
デート・ア・ライブ
アンコール5

29 令音ホリデー
デート・ア・ライブ
アンコール5

30 精霊キャンピング
デート・ア・ライブ
アンコール10

31 エレン・メイザースの最強な一日。
デート・ア・ライブ
アンコール2

32 狂三キャット
デート・ア・ライブ
アンコール4

33 精霊ニューイヤー
デート・ア・ライブ
アンコール6

34 真那リサーチ
デート・ア・ライブ
アンコール3

35 精霊メリークリスマス
デート・ア・ライブ
アンコール3

36 四糸乃エクスペリエンス
デート・ア・ライブ
アンコール7

37 白銀アストレイ
デート・ア・ライブ
アンコール5

38 真那アゲイン
デート・ア・ライブ
アンコール10

39 令音マリッジハント
デート・ア・ライブ
アンコール7

40 精霊オンライン
デート・ア・ライブ
アンコール6

41 八舞エクスチェンジ
デート・ア・ライブ
アンコール7

42 折紙トレーニング
デート・ア・ライブ
アンコール9

43 琴里エディター
デート・ア・ライブ
アンコール8

44 琴里ミステリー
デート・ア・ライブ
アンコール4

45 美九スキャンダル
デート・ア・ライブ
アンコール9

46 折紙カウンセリング
デート・ア・ライブ
アンコール5

47 精霊ダークマター
デート・ア・ライブ
アンコール5

48 十香フードファイト
デート・ア・ライブ
アンコール7

49 七罪ティーチング
デート・ア・ライブ
アンコール3

50 精霊アニメーション
デート・ア・ライブ
アンコール6

51 十香プレジデント
デート・ア・ライブ
アンコール10

52 天央祭コンテスト
デート・ア・ライブ
アンコール2

53 精霊オフライン
デート・ア・ライブ
アンコール6

54 キャットカフェ・ア・ライブ
デート・ア・ライブ
アンコール3

55 未確認ブラザー
デート・ア・ライブ
アンコール2

56 十香リバース
デート・ア・ライブ
アンコール4

57 未確認サマーバケーション
デート・ア・ライブ
アンコール2

58 折紙ノーマライズ
デート・ア・ライブ
アンコール4

59 十香ブレイブ
デート・ア・ライブ
アンコール8

60 白銀マーダラー
デート・ア・ライブ
アンコール5

61 十香ワーキング
デート・ア・ライブ
アンコール4

62 真那ミッション
デート・ア・ライブ
アンコール4

63 美紀恵メジャーメント
デート・ア・ライブ
アンコール7

CASE. 橘公司

1位

精霊スノーウォーズ

デート・ア・ライブ
アンコール5

COMMENT

せっかくの個別ランキングなので、作者視点でカチッとハマってくれたなと思う話を選びました。上位はほぼ順不同みたいなものですが、1位はスノーウォーズ。みんなで謎のゲームをやる回はだいたい全部好きなのですが、これは特に上手く回ってくれた感があります。

2位

十香プレジデント
デート・ア・ライブ　アンコール10

書いていて楽しかった話です。普段と世界が違うので、後先考えずに好き勝手できたのも大きいかと思います。十香が凄まじいスピードで出世していくパートが好きです。二亜は窓を拭くのがすごく上手くなっていた。

3位

四糸乃エクスペリエンス
デート・ア・ライブ　アンコール7

四糸乃と七罪の友だち、綾小路花音の初登場回です。短編出身キャラクターの中では一番好き。最近の短編にもたまに出ていますし、本編にもちょっとだけ登場しています。一回くらい挿絵になってほしい。

CASE. KOUSHI TACHIBANA
EPISODE RANKING

4位

七罪チャレンジ
デート・ア・ライブ　アンコール9

むやみやたらに才能に溢れているのに、自分自身でそれに気づいていない七罪が好き。七罪が活躍する回は妙に筆が乗ります。これもその回の一つ。編集者視点の文章を書くのが楽しかった記憶があります。

5位

狂三スターフェスティバル
デート・ア・ライブ　アンコール

殿堂入り扱いにしてしまってもいいかなと思いましたが、せっかくの機会なので。狂三四天王が好きなため『狂三バレンタイン』や『狂三フレンド』とも悩みました。短編では珍しい、儚く綺麗な話。今も七夕になると思い出します。

6位

令音マリッジハント
デート・ア・ライブ　アンコール7

サブキャラたちをたくさん書けたので楽しかったです。令音と燎子など、普段あまり顔を合わせないキャラが遭遇する話が結構好き。そして何よりこの話の肝はオチ。「これしかない！」と思いました。

7位

精霊ワーウルフ
デート・ア・ライブ　アンコール10

書く前はややこしくなりそうだなあ……と思っていたのですが、意外とスムーズに書けた回でした。キャラのポジションと人狼の役職をすり合わせるのが楽しかったです。あとマリアの台詞を書くのが妙に楽しい。

8位

琴里エディター
デート・ア・ライブ　アンコール8

夢の中のお話なので、配役を割り振るのが楽しかった記憶があります。〈ラタトスク〉が編集側で精霊が漫画家側というのも構造的に上手く収まったように思います。なつこ先生のペンネームを思いついたときは「これだ！」と思いました。

9位

六喰ゲイシャ
デート・ア・ライブ　アンコール8

これまた夢の中のお話。普段あまり書かないタイプの話が印象に残りやすいのかもしれません。つなこさんの描かれた花魁六喰があまりに美しかった。密かなお気に入りは美九と二亜の役どころ。

10位

真那ミッション
デート・ア・ライブ　アンコール4

実は密かなお気に入りの一本。DEM時代の真那の姿が垣間見られる貴重な短編です。主人公になると意外とヒーローしてくれる真那が格好いい。エレンやジェシカとのやりとりが結構好き。

1位

狂三スターフェスティバル
デート・ア・ライブ
アンコール

COMMENT

言わずと知れた大人気エピソードですが、初めて読んだ時の感情がずっと残っていて、個人的に今も不動の１位です。またいつか会えることを願っています。

CASE. つなこ

2位

十香アフター
デート・ア・ライブ　アンコール１０

十香と折紙が揃って笑顔でいるシーンを描くことができて本当に良かったです。皆のその後の様子が色々見えたことで、気になる要素が読む前より増えました。もうちょっとだけ続くということで嬉しいですね！

3位

令音マリッジハント
デート・ア・ライブ　アンコール7

タマちゃん先生と神無月さん、当初くっつく予定は全然なかったとのことですが、まさに運命のいたずら……。居合わせたキャラたちのやり取りも面白くて、本編と繋がる令音さんの心情などもあって好きなお話です。

CASE. TSUNAKO
EPISODE RANKING

4位

開幕は闇の中で／その幕を下ろすのは
デート・ア・ライブ　アンコール8

アンコール8巻は1冊まるごと連作で、IF展開が発生する仕掛けもあってとても好きな巻なのですが、一つ一つがどれも良くて迷ったので……この選び方はずるい？　普段と異なる衣装を色々描けて楽しかったです。

5位

二亜ギャルゲー
デート・ア・ライブ　アンコール6

まり…………る……な　ありすちゃん。ゲーム版のキャラも思い入れがあるのでとても嬉しい短編でした！

6位

精霊ワーウルフ
デート・ア・ライブ　アンコール１０

二人の十香がどちらも優しい……。人狼を実際に観戦している感じがして楽しい回です。さすが橘先生、ものすごく人狼慣れしている。けもみみ好きの民なので挿絵も楽しかったです！

7位

十香ゲームセンター
デート・ア・ライブ　アンコール

挿絵を今みるとうわーーーとなりますが、いや、でもあんまり変わってないような気も。アンコール１０巻の挿絵時になんとなくこの話を見返して、パンダローネを再び描きました。とにかく何もかもが懐かしいです。

8位

精霊オフライン
デート・ア・ライブ　アンコール6

ちょうど勤務先のゲーム会社でネトゲ風タイトルを開発していたタイミングで妙に印象深くて、各キャラのゲーム内衣装を考えるのも楽しかったです。前後編ですが十香のテキスト芸が面白すぎたのでこちらで！

9位

エレン・メイザースの最強な一日。
デート・ア・ライブ　アンコール2

本編では恐ろしい敵キャラのはずが日常回だと天敵3名に勝てず、装備がないともやしというギャップがすごくて大好きです。最初、水着のメーカー名として背中に「最強」と読めるロゴを入れていましたが、やっぱり消しておくことに。

10位

四糸乃ファイヤーワークス
デート・ア・ライブ　アンコール

挿絵を描くのが妙に楽しかったです。濡れ透け……よいものです。僕だけの動物園の片鱗を感じる。おしおきなら仕方ない。仕方……ない……？

精霊誕生日

SPIRIT BIRTHDAY

MIKU IZAYOI

誘宵美九

1月19日

January. 19th

NIA HONJO

本条二亜

2月29日

February. 29th

YOSHINO HIMEKAWA

氷芽川四糸乃

3月20日

March. 20th

TOHKA YATOGAMI

夜刀神十香

4月10日

April. 10th

SHIDO ITSUKA

五河士道

5月27日

May. 27th

KURUMI TOKISAKI

時崎狂三

6月10日

June. 10th

NATSUMI KYOUNO

鏡野七罪

7月23日

July. 23th

KOTORI ITSUKA

五河琴里

8月3日

August. 3th

MUKURO HOSHIMIYA

星宮六喰

9月12日

September. 12th

KAGUYA YAMAI / YUZURU YAMAI

八舞耶倶矢／八舞夕弦

10月18日

October. 18th

ORIGAMI TOBIICI

鳶一折紙

11月11日

November. 11th

MIO TAKAMIYA

崇宮澪

12月25日

December. 25th

DATE A LIVE MATERIAL 2

デート・ア・インタビュー

DATE A INTERVIEW

橘公司×つなこ

KOUSHI TACHIBANA×TSUNAKO

A INTERV

INTERVIEW

KOUSHI TACHIBANA×TSUNAKO

デート・ア・ライブ
本編シリーズ振り返り
橘公司×つなこ

——それでは1巻からお聞かせください。

橘　1巻については……まず売れるかどうかドキドキだった思い出が大きいですね。やはり新シリーズの第1巻というのは緊張します。受賞作である「蒼穹《そうきゅう》のカルマ」とは違い、商業作品として一から作ったのも初めてでしたので。投稿時代は「いかにして審査員の意表を突くか」という、言ってしまえば少し姑息《こそく》な戦術をとっていたのですが、「デート」では、そういった作戦はあまり考えずに内容を突き詰めていこう、と思いながら書いていましたね。第1巻を書き始める前から編集さんを交えてプロットを話し合いながら作っていきましたので、そういった意味でも初めての経験が多い作品になりました。

——1巻を書かれる際に気を付けられたことはありますか。

橘　まず意識したのは、ページが文字で埋まり過ぎないようにすることでしょうか。特に序章は気を付けました。手癖で書くと改行が少なくなってしまうので、できるだけ改行を多くするように、と。

つなこ　本当だ、そういったことも意識されるんですね！

橘　1巻は意識していましたね。後半の巻になればなるほど気にしなくなりました！　もう、みんな慣れてきただろう、と（笑）！

つなこ　（笑）。

橘　10巻とかならいいのですが、やはり最初の巻でページを開いて文字がぎっしりだと〝読まない理由〟になってしまうかもしれませんから。また、1巻段階で、この1冊の話だけでなく、シリーズ全体の大きな話を考えました。モチーフを〝セフィロトの樹〟にした理由は……あれ、そういえばモチーフが〝セフィロトの樹〟だと明言したことってありましたっけ？

つなこ　明言はしていなかったと思いますよ。

橘　……。「マテリアル2」で初公開！　なんと、精霊の名前には数字が入っていたんですよ！

つなこ　ウワー、シラナカッタナー（笑）。

橘　「マテリアル2」まで読んでいただいている読者の方だと、気付いていない方のほうが少ないとは思いますが（笑）。実は番外の精霊にも数字は入ってるんですよ。凜祢《りんね》は中国読みの零（リン）が入っていますし、広東語《カントン》読みするとレンで蓮。2（アル）は或守。あと、ウェストコットにもミドルネームで0（レイ）が入っていたりします。もっとも、これは最初から想定していたわけではなかったので、ウェストコットが〈神蝕篇帙《ベルゼバブ》〉を手に入れたときには「アイザックじゃなくて、アルバートにすればよかった」と思いました。2（アル）を入れてなかったな、と。まあ、最終的に始原の精霊化したので結果オーライです。

つなこ　ちなみにニベルコルも2だったりするのですか？

橘　あれは、ニコール・オブリーという人物がいて、その女性とベルゼバブの娘がニベルコル……という話がありまして。そこから、ベルゼバブの娘ということでニベルコルの名前を引用させてもらいました。偶然、名前に2もちょうど入っていましたし。

つなこ　二亜《にあ》と同じ、漢字の2（に）にも見えますね。

橘　〝セフィロトの樹〟をモチーフにしているのは、なぜかシリーズ完結までひた隠しにしていましたけれど（笑）。

つなこ　ついに初公開（笑）！

橘　今考えれば、10人って結構思い切った数字だと思います。

つなこ　そういえば、1巻のキャラクターラフを見直していたのですが十香《とおか》が「十子《とおこ》」になっていましたね。

橘　十子、でした！　最初は！　セフィラの10は〝地球〟を象徴するものだったので、最初のヒロインは十がいいかなと思いまして。そのときに仮の名前で「十子」とつけたら、担当さんに「全然かわいくない！」と言われてしまって……（笑）。それで、しばらく考えて「十香」にしたら「これならいいぞ」と。

つなこ　名前の影響かもしれませんが「十子」の頃の十香は古風な格好をしているものが多いですね。日本人形的な髪形をしていたり。

――ちなみに村雨令音《むらさめれいね》が最終的にボスキャラとなる、という展開は1巻の時点で……。

橘　すでに決めていました。村雨令音を縦に書くと零の字が現れるという。まさかの真実！

つなこ　令音さんも当初は名前が違いましたね。たしか「知佳《ともか》」、と……。

橘　これは最初のモチーフが、隠されたセフィラ「知識（ダアト）」だったためですね。結果的にはアインになり、零を入れようということになったのですが……名前に零がついていたら、どう考えても怪しすぎるので〝雨〟と〝令〟にわけることにしました。もっとも、勘のいい読者の方はわりと早い段階で気付いていたみたいですね。キャラに数字が入っている法則に気付いた人は「おやおやおや？」と、なってしまうのだと思います。

――1巻で苦労されたシーンはどこでしたか？

橘　デートのパートは基本的に毎回修正が多いです。バトルシーンはそうでもないのですが、デートのところはやはり1巻も苦労しました。あとは、訓練パートも大変でした！　それに……たしか1巻は2回くらい丸ごと書き直しをしたかと思います。やはり、最初はなにがなんだかわからない状態から書いていますので、書きながら手探りで進んでいくしかなかったです。そうやって書いているうちにイラストレーターさんの選定にも入って、つなこさんとの出会いがあって……。つなこさんに十香のデザインで10パターン近くもラフを出していただいたのは、今考えても本当に申し訳ないことをしたと思っています。

つなこ　いえいえ、作品の始動時はいつもラフを多く出すので大丈夫ですよ！　私もライトノベルのお仕事自体初めてでしたので（笑）。最初に顔を合わせて打ち合わせをしたのが2010年だったかな？　そのときに「10巻くらいまではやれたらいいね」ということで、10巻くらいまでの内容を伺いました。

橘　精霊が10人だったので、10巻くらいまではやれたらいいな、と。

つなこ　当時はライトノベルの〝3巻の壁〟みたいなことも知らなくて。言葉通りに「10巻くらいやるんだ」と思っていました（笑）。……越えてくれてよかった！

橘　いやぁ、おかげさまで！

つなこ　こちらこそ！　でも、1巻を振り返って思うのは「この仕事を受けられてよかった」ということですね。あのとき若さゆえの行動をとってみて本当によかったと思います！

橘　考えてみれば「デート」は〝初めて尽くし〟でしたね。つなこさんも初めてのラノベ挿絵ですし、僕も編集さんを交えて商業作品を1から作っていくのは初めてでしたし。

つなこ　後に勤めていた会社でゲームを作った、というのもなかなかレアな経験だったのではないかな、と思います。

橘　「凜祢ユートピア」はキャラクターもよかったですね。「デート」には幼なじみキャラがいないので……。あ、でも、実はいたんですよ。書き直す前の原稿には。

つなこ　ええっ⁉　原作の方にですか？

橘　はい。現在でいうところのＡＳＴ的な組織があって、そこに所属する女の子と幼なじみの子の設定が合体した結果、生まれたのが折紙《おりがみ》です。なので、幼なじみの存在は折紙に食われたんですよ。

つなこ　それは初耳かもしれない！

橘　というわけで、折紙の半分は幼なじみでできています！

つなこ あと折紙さんは髪が長いバージョンが1巻の時点でラフにいるんですよね。

橘 三つ編みバージョンとかもありましたよね。たしか、キャラの割り振りを考えたときに身長やバストサイズ、髪の長さを3パターンずつ割り振ったんですよ。全パターン出したいと思っていて。それで、ショートカットのキャラがいなかったので折紙に割り振ることにしました。もっとも、最終的に長くなりましたが（笑）。

――続けて、2巻についてはいかがでしょうか。

橘 2巻の表紙は、デザインやレイアウト含めてかなり完成度が高いんじゃないかと思います。ロゴの配置も好きなんですよ。L字形で綺麗に収まっていて。

つなこ すごく綺麗なんですよね。ロゴのピンク色とキャラの差し色が一致していて。そして、橘先生の名前のところに虹がかかっている！

橘 「虹の橘」だ（笑）。

つなこ 四糸乃《よしの》はたしか、1巻の時点で「今後出る精霊」ということで打ち合わせをしたかと思います。

橘 そうか、2巻の予告を入れるということで。たしか、よしのんがネコのパターンもありましたよね？

つなこ ありました！ いちばん最初のラフではネコです。今、見るとパチ物感が強くてなんだかモヤッとします（笑）。

橘　1巻にいなかったようなキャラクターを作ろうと思っていたので、ちょっとおとなしめな感じにしようとしていました。それと……これはもう自分のミスですし、完結したので言っちゃいますけど……1巻の最後に予告が入ってるじゃないですか。「よしのんのいろんなところを触ってくれちゃったみたいだけど〜」みたいなセリフ。あれ、書いたときは2巻の原稿がなかったので、実はパペットが四糸乃のことをあだ名で呼ぶ際に「よしのん」と呼んでいる想定で、パペットには別の名前がつくはずだったんです。四糸乃と「よしのん」、ちょっとややこしいと思われるかもしれないですけど「よしのん」は四糸乃のあだ名だったんです。本当は。

つなこ　本当はどういう名前になる予定だったんですか？

橘　当時、何となく考えていたのは、〈氷結傀儡《ザドキエル》〉なので「ザッくん」とかでした。「くん」だと男の子なので、また変わっていたとは思いますが。

つなこ　なるほど。ザッさん……はちょっと呼びにくい（笑）。

橘　でも21巻の話を書いたあとだと、「よしのん」でよかったんじゃないかなと思っています。

つなこ　四糸乃はカバーの絵ではよしのんと逆の目が隠れ気味になっていて……2人で1

人というか〝どちらかが欠けると駄目〟みたいなイメージで描いていました。でも、本編ですっかり成長してしまい、そんな感じではなくなったのが感慨深いですね。後ろ髪を前に流しているのはフードがあるから、というのもあったのですけれど、これは自分が後ろへ引っ込むような感じのイメージで……守りの姿勢というか、逃げの姿勢という意味で描いていました。ですが、四糸乃に自立した感じが見られるようになってから、実は後ろ髪を全部背中に流して描いています。

橘　なるほど！　初公開の情報だ！

つなこ　たしか、21巻かな。21巻の234ページあたりの挿絵では、完全に後ろ髪を後ろに流しております。これ以降、制服を着ている「アンコール」の絵とかも全部後ろに流しているはずです。

橘　まさか、心境の変化がこんなところに……！

――次は3巻目ですが……。

橘　狂三《くるみ》が黒歴史から生み出されたという話はこれまでもさんざんしてきましたが……。3巻で「次の精霊を誰にしよう?」と思ったときに、1巻も2巻も優しい世界だったので、この状況をぶっ壊してくれるキャラクターを出したい、と考えました。そこで、黒歴史ノートから我らが狂三さんにご登場を願った、というわけです（笑）。狂三のキャラクター自体はすでに黒歴史ノートにあったのですけど、能力の設定とかはわりと後から付与したものだったりします。巨大な時計の〈刻々帝《ザフキエル》〉も、3巻を書く直前に作ったものですし。左目が時計、というのはもともとあった設定だったのですけど、これは狂三の元になったキャラが「身体に時計を移植した人造魔術師」の話から引っ張ってきたキャラクターだったからですね。能力者はみんな、身体に時計がついてたんですよ。

――それで〈刻々帝〉も時計のイメージに？

橘　最初出した案では「人を食べる」という設定から、ナイフとフォーク型の天使だった気がします。食べる、という方面を強く出した案でしたね。

つなこ　私が頂いた設定では最初から銃使いだったので、初耳です！

橘　相当に初期の段階ですね。ですが、露骨すぎるということで……。食べる要素は、能力が2つになっちゃうけれど影のほうに任せて、本体は〝時間〟や〝時計〟を使うという方向性を強くしよう、と。そう考えたときに「時計の短針と長針が銃になってるって超かっこよくない!?」と思い、現在に至ります（笑）。

つなこ　「きひひひ」と笑うのは最初から決まっていたんでしたっけ？

橘　これはもう最初からだと思います、特に疑問も抱かずこの笑い方でした。「この笑い方怖くない？」と言われて、初めて「え、そう？」と思ったくらいに。

つなこ　いや、でももう狂三の代名詞ですからね。

橘　精霊は名前に数字が入っていると言いましたが、同様に髪の色はセフィラのモチーフカラーが元になっています。ほかにもセフィラにはそれぞれ対応する宝石がありまして。それが目のモチーフになっています。３の宝石は真珠なのですが、狂三の場合、目が時計じゃないですか。どうしても赤目と金時計にしたかったので、狂三だけは目ではなく肌の描写に「真珠の肌」と書きました。

つなこ　３巻は狂三が登場して、アニメも決まって……いろいろな転機になったなと思います。狂三は最初のデザインラフを見ると、今よりちょっとおとなしい感じですけれど、アニメのデザインバランスが本当によくて。かなりアニメを参考にさせていただいたことで、だんだんと固まっていったなという感じです。あとは、お色気の塩梅《あんばい》がわかりやすいキャラというか。偶然とかじゃなくて「見せているのですわ」という感じ（笑）。「アンコール」の「パンツを見せる女」っていうセリフがすごい好きなんですよ！

橘　出てくるたびに見せていますね（笑）！

つなこ　ラノベのお色気の度合いは、つかむのにけっこう時間がかかってしまったのですが、狂三が助けてくれたと思います。今みても、モノクロの狂三が折紙を捕まえている挿絵が楽しそうで。実は楽しそうな攻めが好きなのかもしれない（笑）。

橘　それで、続く4巻は初の上下構成。3巻から続いての琴里がメイン、ですね。特に意識していなかったのですが、自然とここで区切りみたいな感じになりましたね。琴里《ことり》はなんというか……不思議なキャラなんですよね。実は「妹が司令官」という設定を作ったプロセスをほぼ覚えてないんですよ。スッと、いつの間にか決まっていた。「司令官は妹だろう！」と言った気はするのですが（笑）。

つなこ　琴里の霊装は3巻のときにはもうデザインをしていましたね。おそらく、一番最後の場面で霊装の見た目が描写されてるからですかね。琴里の霊装デザインは個人的にも描きやすいですし、すごく好きなんですよ。子どものキャラなのに大人っぽい格好って、いいなぁと。そういえば、琴里ってかなり衣装持ちですよね。

橘　そうですね。制服姿に、司令官バージョン、霊装……限定霊装も変わりますので。

――5巻についてはいかがでしょうか。

橘　5巻は……難航しました。八舞《やまい》姉妹が出てくるまで、なかなか時間かかりましたね。「今回は双子で」ということが決まってから、数字を8にするというのはなんとなく決まったんですよ。単純な理由なんですけど。「八」って漢字は2つに分かれているから、双子っぽいじゃないですか。普通の数字の方も丸が2つで双子っぽい。そして、ラファエルは風のイメージがあったので、属性は風に。そこまでは簡単に決まったのですが、そこから今の形になるまでに、だいぶ紆余曲折《うよきょくせつ》がありました。

つなこ　髪型なんかは竜巻をモチーフにしてすぐ決まりましたが、設定面ではどのようなな？

橘　まずは名前ですね。今の形になる前は「八舞と八宵《やよい》」だったというのはどこかで言いましたが、実は最初に没になってしまった苗字は「八咫硝子《やたがらす》」だったんですよ。八咫硝子天真《てんま》と地景《ちかげ》、でしたね、たしか。

つなこ　かぁっこいい！

橘　ただ、あまりに大仰すぎるということで今の八舞になりました。いやぁ、何やってんだ！っていうくらい、かっこよかったなと（笑）。……とはいえ、八舞でよかったです。いい名前だと思います。手前味噌《てまえみそ》ですけど！

つなこ　風のイメージにすごく合っていますよね。耶倶矢《かぐや》と夕弦《ゆづる》、どっちの名前のほうが先に思いついたのですか？

橘　たしか、耶倶矢だったかな。〝矢〟と〝弦〟にしようと思って、矢を耶倶矢に引っかけたのを覚えています。それから夕弦を弦として。でも、本当は耶倶矢はできれば2文字に収めたかったんですよ。輝矢という字でもよかったのですけど……別の作品のキャラクターのようになってしまったので。霊装もボンデージに至るまで、いろんなパターンがありましたね。シルフ系とか、盗賊系とか。

つなこ　私の元には霊装の指定は最初からボンデージで届いていたのですが、キャラクター自体は身長差があるパターンもありましたね、耶倶矢がちっちゃかったです。

橘　ありましたね！　あれはあれで、かわいらしくて好きでした。そういえば、この巻からですね。エレンが出てきたのも。……今だから言うのですが、実はDEMの細かい設定は5巻で作られました。「最初から全ての黒幕でした」みたいな顔してますけど（笑）。

つなこ　そうなんですか⁉

橘　正確に言うと、名前自体は3巻から出ているのですが、ウェストコットやエレンなどのキャラクターや、精霊の誕生に関わっていたという設定は、5巻以降に作られたものです。

つなこ　完全に最初から想定していたものと思い込んでいたんですが……秘伝のタレに新しい味が注ぎ足されたような感じだったんですね（笑）。

橘　4巻までは〝精霊を攻略する〟という話だけでよかったのですが、長くなると別の話も欲しくなってくるな、と。ASTだと、そもそも精霊に対抗できなかったので、別の第三勢力が欲しくなったんですよね。そこでどうしようかと考えたとき「ASTの装備はどこで作っているんだろう？」「卸している会社って、強くないか？」と思い、民間企業だけど、めっちゃ強いことにしようということで生まれたのがDEMです。

――続きまして、美九《みく》が初登場となる6~7巻についてお願いします。

橘 ……これも、完結した今だから言いますが「美九リリィ」というサブタイトルは仮だったんですよ。担当さんから「特典付きの特装版は登録を早くしなきゃいけない。あとで変えられるので、仮のタイトルをください」と言われまして。次は百合《ゆり》っ子にするつもりだったこともあり「じゃあ、リリィで」と言ったら、そのままネットに登録されちゃった（笑）。

つなこ でも、ぴったりはまってる気がします。

橘 ええ。なので「これでいきましょう」と。6~7巻は中盤の山場みたいなところがあって、それこそ1巻の折紙じゃないですけど……美九は久々に敵！ という感じの精霊にしようというコンセプトで考えました。なので、6巻時点の美九はやっぱり読者の方から嫌われていた印象です。ただ、7巻でデレてきたら人気は上がっていきました。とはいえ、6~7巻と8巻以降の美九は別の生物だと思っています（笑）。

つなこ すっかり妖怪のような扱いに（笑）。

橘 そうですね（笑）。たしか、七罪《なつみ》がのちに「夜、寝ない子のもとにやってくる妖怪的なもの」というような表現をしていましたが、それがすっかり定着してしまいました。個人的には美九が一番最初の想定と変わったキャラかもしれませんね。まさかこんなになってくれるとは……。あと、6巻といえば士織《しおり》か！

つなこ　士織ちゃんですね！

橘　士織ちゃんは意外と人気になっちゃって。主人公の女装はわりと鉄板ネタだとは思うんですけど、この巻に関しては異常事態というか……見開き口絵全部に主人公がいるという、なかなか珍しいことになっています。4枚中、3枚女装していますが（笑）。

つなこ　普段は後頭部しか挿絵に出られないですよね（笑）。名前は一発で決まったんですか。

橘　名前は一発だったと思いますね。士道《しどう》の士の字を使って何かないかなって思ったときに、「やっぱり士織かな」と思って。

つなこ　名前もすごくヒロインしているんですよね。

橘　士の字は、侍ですけどね（笑）。

つなこ　士織のデザインもそうですが、美九のデザインもそんなに最初のラフから変わっていないですね。霊装は今のアイドルイメージというよりは昭和のアイドルな感じです。あと個人的に参考にしていたのはアイドル声優さんだったと思います。

橘　なるほど。いずれにしても、集団アイドルじゃなく単独アイドルのイメージですよね。

精霊は集団だと出しづらいですし。あ、でも集団の誰かが精霊みたいな話は面白そうじゃないですか？　このなかにひとり、精霊がいる……って、七罪とかぶっちゃうか（笑）。

つなこ　（笑）。

橘　でも、一方で美九は天使のデザインが割とふわっとしてるキャラだったかと思います。手元にあるのはマイクや鍵盤なのですが、背後に大きなパイプオルガンが出てくるじゃないですか。あれは、だいぶ初期の想定で、めちゃくちゃでかい天使を出したいと考えていまして。最初は要塞型の天使みたいなのを戦艦と戦わせたら面白い……みたいな相談をしていたのですが、それがなくなった代わりに巨大なパイプオルガンを背後に出そうということになった覚えがありますね。

それで、次の7巻といえば……反転体です！　これは、どこかで言ったことがあると思いますが、当初は反転という設定はなく7巻で作った設定です。「デート」を長期のシリーズにしていきたいということでプラスの新しい展開が必要でした。また、セフィロトがモチーフということで、その反転であるクリフォトをモチーフにしようと思ってはいたのですけど……精霊たちが反転するのか、クリフォトモチーフの新しい敵が出てくるのか、というのは、ちょっと決めかねていました。ですが、この巻で「ちょうどいい」ということで、反転という設定を出して後々に至るということになりました。もっとも、22巻まで終わって反転体が出てきた精霊は、画集の四糸乃をいれてもそう多くないですが。あと7巻は……狂三さんが頼りになりますね！

つなこ　一時的に仲間になるのはすごい熱いですよね！

橘　仲間が美九に奪われて、敵だったはずの狂三が力を貸してくれる展開がめっちゃ熱いなと思って。仲間になった狂三の頼りになりっぷりがすごい。あとは見開き口絵での折紙が着ているSSSの服は「デート・ア・ストライク」からの逆輸入です。これ衝撃的なデザインですよね。イギリスは何を考えているんだ（笑）！　あと、ウェストコットの顔が出たのはここが初めてだったかな。

つなこ　そうです、そうです。でも、ウェストコットのデザインもいいですよね。年齢不詳キャラですし。後半は結構アニメを参考にしていますね。

橘　ウェストコットはいいですね、やっぱり。口絵の〝謎のポーズ〟も含めて（笑）。

つなこ　支配者のポーズ（笑）。

橘　ちなみにあの「王国が反転した。さぁ、控えろ人類。魔王の凱旋《がいせん》だ」は、書いた僕ですら、いまだによく意味がわかっていないです（笑）。ちょっとカッコイイことを言わせたかったのですが……。〝王国〟って言っちゃったから「そのうち拾うかな？」と思いましたけれど、結局そこまで拾わなかった。結果的に何かカッコイイこと言ってるおじさんになっちゃいました。
あとは、本文内の初めてのカラー口絵。素晴らしいですね。「こんなことできるんだ」と驚きました。
つなこ 筆っぽく描くモノクロ挿絵をカラー化するのは新鮮でした。7巻は反転とかDEMがメインになっているということもあって、挿絵の内容がちょいダークめなものになっているのですが「これはこれでいいなぁ」と思いながら描いていた記憶があります。
橘 やっぱり見開きの士道がかっこいいですよね！ まるで美九がヒロインみたいだ！
つなこ ヒロインですよ（笑）!?
橘 これはかっこいいです。このイラストのおかげで美九がデレるということへの説得力が上がりましたよ。「こりゃ惚れるわ！」って。
つなこ このあたりからだんだん士道の主人公らしい絵が増え始めてきたような。
橘 やっぱり〈天使〉が使えるようになってからは顔つきが違う。武力を持つ者の顔になっていきました。ちなみに、反転十香のデザインで苦労されたり、とかはあったりしましたか？
つなこ いいえ、反転十香はすごく楽だった記憶があります。もともとの姿をダークにするというテーマがはっきりしていたおかげなのかな？ もう、すんなりと。

橘　かなり初期から完成度は高かったですよね。そういえば、最初の案で「反転だから白くする」みたいな話もありましたっけ。

つなこ　ありました。一番最初のラフは鎧が白で、次にすぐ黒くなってます。

橘　悪堕《あくお》ちじゃないですけど、なんか〝反転〟っていう言葉からするとやっぱ黒っぽい方がイメージが伝わりやすい気がして。反転したら白になるというのは、「デート・ア・バレット」の白の女王に受け継がれました。

つなこ　たしかに！　白の女王のデザインは本当に最高です！

――それでは次は8巻と9巻をお願いします。

橘　図らずも4巻がアニメ1期、7巻が2期の区切りになりました。別に最初から想定していたわけではないのですが、やっぱり上下巻をすると話が一旦落ち着くんですよね。大きな話なので。それで新しい展開、じゃないですけど次の話を始めるにあたって……このころからですね。1人の精霊に2冊使うようになったのは。正確には美九からなんですけれど。

つなこ　同じ精霊が連続で表紙を飾ったのは七罪が初めてだったと思います。

橘　この辺りから、新ヒロインの攻略に1冊使っちゃうと、今までのキャラクターの描写が全くできなくなるということになってしまって。なので、1冊目で新しいヒロインの顔見せと今までのヒロインの話。次の巻で攻略……みたいな形式が根付いた感じはしますね。内容的には「なんだかちょっと変わったことやりたいね」という話をしていて、犯人当てゲームというか……人狼っぽいものをやることにしました。人狼といっても、向こうがルールを提示した上で、こっちがそれを探りながら探すという話なのでちょっと変則的ではあるんですが。最初は七罪が化けていたのは夕弦だったという案があったんですよ。最初に消えた夕弦という指摘が作中でもされていたじゃないですか。本当にあれが正解だったという……ですが、もうひとひねり欲しいよね、ということになって「よしのん」になった覚えがあります。あとは……精霊にもキレイなお姉さんがようやく出てきたなっていう。

つなこ ただし幻想ですが（笑）。お姉さんキャラの新鮮味がすごいなぁ、と思ったらイリュージョンだった。

橘 大人七罪のデザインはびっくりしましたよ。肌の露出度は低いのに結構エロいデザインでしたので。

つなこ 最初は普通に魔女風の衣装ラフを出していたので、たしか、ご提案いただいたのかな。全身タイツみたいな案は。

橘 そうだったと思います。担当さんが急に「全身タイツで‼」と言い始めたときは「頭打ったのかな?」と思いましたが(笑)。だって、最初に全身タイツという語感で今の七罪を想像しないでしょう!? でも、やたら自信満々だったのでおまかせしてみたらこの七罪が上がってきて「なるほど全身タイツだな!」と。

つなこ なんとかして、消えるときには破ろうと思った結果でもあります!

橘 それで、続く9巻ですが。不人気になってしまうであろう緑色のヒロインに何をさせようかなと思って(笑)。でも、書いてみたら……いやあ、七罪好きなんですよね!

つなこ 私もです! 他人とは思えない(笑)。

橘 インタビューで「好きなキャラは?」と聞かれたら「全員」と答えるんですが、このまえ七罪の短編を久しぶりに書いていて「やっぱりこいつ書くの楽しいな……」って。

つなこ 我々、心の奥底では七罪が一番好きなのかもしれないですね(笑)。

橘 やたら筆がノるんですよ。もう、全部七罪が主人公でいいんじゃないかな。いや、よくないのだけれど(笑)! あとは最後の折紙の登場ですかね。衝撃のヒキ。原型はDEMの最上級魔術師しか着ることができない、エレン機の姉妹モデル。気付いた読者の方もいるかもしれないですけど、エレンの〈ペンドラゴン〉の姉妹機が〈メドラウト〉……読み方を変えるとモードレッド。裏切る気まんまんですね! まぁ、アルテミシアのCR-ユニットはランスロットがモチーフなので同じく裏切るんですけど。円卓の騎士よく裏切るなぁ……（笑）。

――次はターニングポイントとなる10巻ですね。

つなこ　ついにここまでたどり着きましたね！

橘　ターニングポイントの天使巻。ネタバレと言われた表紙です（笑）。前巻、ＤＥＭの装備を着て出てきたのに10巻の表紙がこれ！　でも、10巻は好きな口絵が多いんですよ。

つなこ　10巻は話的にも決戦という感じなので、全体的に派手に見えますね。

橘　上空に浮いている折紙と地上の十香の対峙イラストは全部のイラストの中でも相当上位に入るくらい好きです。

つなこ　ありがとうございます。

橘　折紙の話は中盤での山場ですね。個人的にもお気に入りです。話も大きく動きました。

つなこ　折紙の霊装のデザインが個人的にも気に入っていて。たしかラフを橘さんからいただいて……。

橘　そうですね、描いた覚えがあります。シルエットがわかればいい、くらいの簡単なものだったかと思いますが。

つなこ　私はそのラフをそのまま描いただけです！

橘 なるほど……表紙のポーズは心なしか似てますね（笑）！
つなこ いやいや（笑）！　そのままですよ。王冠といいスカートといい……。
橘 でも、僕の描いた王冠はもっとつるっとしていた気がします。いやぁ、このトゲトゲがやっぱかっこいいですね。
つなこ 折紙は全体的に十香の霊装デザインを意図的に追従しているという感じです。
橘 いや改めて、この表紙は素晴らしいですね。神々しい！
つなこ 帯をとると、背景が燃えてるのがすごくお気に入りです！　折紙さんが燃やしてるんですけど（笑）。ちなみに10巻は全体的にすごい急いで描いていて……。
橘 そうなんですか？
つなこ ゲームの仕事とぶつかって、好きだって言ってくださった、折紙と十香のイラストもすごい急いでスクリーンとオーバーレイで殴って、殴って……デジタルイラストを描かれる方にしか伝わらないかもしれないですが、発光させるエフェクトでひたすら殴り続けるっていう描き方を（笑）。
橘 でも、たまにあります。僕も時間なくてガーッと書いたシーンが、意外と受けが良かったり。
つなこ じゃあ、発光レイヤーで殴り続けるのは今後も積極的に使っていきます（笑）。

橘　あと10巻といったら「あああああああああああ」っていうシーンですかね……。正直、こんなに長くするかどうか迷っていたのですが、ちょうど挿絵がここに来ると聞いて、行数を調整しました。これは本当にラノベだからこその表現だと思います。そして、11巻。これの表紙も素晴らしいですね。ファッションモチーフは喪服。お前のような未亡人がいるか（笑）！

つなこ　最初はもっと露出度が低かったんですけどね。これ以上にド喪服でした（笑）。

橘　いや、素晴らしいと思います。僕は露出度低くてもいい派なんですが、デビルはもうこれ以外考えられない。そして反転体が出てくると本文の見開きがカラーになるという法則が今回も発揮されたわけですけども、天使シーンではなく、解除のシーンというのが憎い。これは素晴らしいですね！

そして、やっぱり山場になると狂三が出てきます。最近は「眼三《まなみ》ちゃん」と呼ばれる5年前の狂三も初登場。衝撃でしたね。超かっこいい（笑）！　これも確か最初から想定してたというよりは、時間遡行《そこう》のギミックを作る際の副産物だった気がします。この時代にも狂三がいるはずだから、その力を借りよう、と決めたあとに「5年前は今よりもっとこじらせてるんじゃないですか」みたいな話になった覚えはあります。

つなこ　ここから四天王が生まれていったんですね。

橘　「5年前は眼帯してたんですかね⁉」とか……めっちゃノリノリだった覚えがあります（笑）。まさかフィギュアまで出ると思いませんでしたが。でも、本当に回収できるかどうか不安だった「折紙と士道が出会っていた」ギミックが、ここでようやく回収できたので良かったです。気の長い話でした！　それに、この世界の折紙とのデートがおそらくシリーズ通していちばん好きなデートシーンですね。

つなこ　髪の長い方の折紙さんはすごくヒロインっぽいですが、中で2人の折紙が戦っている描写が面白すぎるんですよ（笑）。直接喋《しゃべ》ってるわけじゃないんですけど、主導権を奪い合っている！　あとは、1巻と同じ構図で口絵が描けたのがすごくよかったですね。

橘　11巻で一度世界線が変わっているので、話がちょっとややこしくなってきますね。今思い返してみると、大胆なことをやったなと思います。世界を移動しっぱなしなので。一話が一段落した次の巻は毎回苦労するのですが……もしかしたら12巻の立ち上がりが一番大変だったかもしれないですね。「次の巻、なにをしよう？」からの士道の話と決まった覚えがあります。表紙も含めて、異質な巻になったのではないかと。士道の表紙もかっこよくて好きなんですけど、今考えると士織ちゃんが表紙を飾る唯一のチャンスだったかもしれない（笑）。そしてカバートラップは多分折紙に並んでヤバい巻かもしれない。

つなこ　あぁ10巻が一番被害報告が多かったですが、これもそうですね……（笑）。

橘　個人的には、この巻のエレンの口絵が好きなんですよ。モコモコの帽子をかぶった。

つなこ　色素が薄いキャラはこの帽子が似合いますよね。

橘　イギリス人の筈なのにちょっとロシア感ありますよね。あとこの巻の、水着ツインテール七罪の店舗特典SSがなんとなくお気に入りです。「……こんな水着着てツインテールとかしてバカみたいじゃない……」と言った七罪に、同じく水着ツインテールの琴里が「え？　ケンカ売られてる？」となるやつ（笑）。

つなこ　12巻は瞬閃轟爆破《しゅんせんごうばくは》の再登場も（笑）！

橘　瞬閃轟爆破が、まさかここで効いてくるとは。そして終盤にも大きな活躍が待っているとは……ウェストコットの倒し方はあれでよかったのかと、いまだに思います（笑）。とはいえ、あれが「デート」ならではの倒し方なのかな、と。瞬閃轟爆破……二度と使わないと思ったから、適当に考えた名前なのに！

つなこ　しっかりボイスまでつくとは。

橘　いやあ、本当ですよ（笑）。あと資材Aは今考えると資材Nでもよかったなと思っています。

つなこ　でも、あの呼び方なんか好きです。ゲームの特典文庫の4コマでも使ってしまった（笑）。

橘　出てましたね！　まだ声がついてない資材Aさん。

つなこ　一生声がつかない想定で描いたネタだったんですけど。そういえば12巻表紙の背景ですが、実はこれは当時勤めていた会社の前です。

橘　あぁ、そうだったんですね！

つなこ　手近なところで背景の取材活動を（笑）。12巻は士道くんの奇行……って言っていいのかわからないですが、なんか真面目にやってるのが本当に面白かったです。完結までに主人公が表紙になれてよかった！

橘　今思うと、終盤にひとりずつキスをしていくのは、僕の中で「うしおととら」だったんだろうなぁ……と思います。みんなで潮の髪を梳く話。たぶん影響を受けている。

――次は13巻ですね。

橘　……先ほどつなこさんが10巻のときに修羅場だったとおっしゃられていましたけれど、実は僕、ちょうど13巻のときに修羅場でして（笑）。

つなこ　うわぁ……！

橘　ちょうどいろいろな仕事が重なって、本編執筆と劇場版の仕事、それに「クオリディア・コード」やゲームの仕事が入ったり……いろいろもろもろと重なってちょっと危ういなって思ったときもありました。そんななかで、みんな大好き二亜さんの登場だよ、という。
つなこ　二亜さん、面白すぎるんですよね。誰とでも絡めるし。
橘　なんでこんなに面白いキャラなんだろう、とは思います（笑）。ちなみに22巻に登場した〝怠惰〟のリトル七罪。実はここの著者プロフィールに出ているんですよ。
つなこ　本当だ。強欲七罪もいる！
橘　文字通り七つの大罪です。いやしかし、二亜は本当にいいキャラになってくれましたね。表紙の背景もやっぱり素晴らしいです。
つなこ　橘先生の他シリーズのキャラを勝手に描くという悪ノリを担当さんに許していただきました（笑）。
橘　いままでやってなかったタイプのヒロイン出そう、となったときに「オタク」「漫画家」という属性が出てきました。あ、中身をおっさんにしたのは僕の趣味ですね。なんだか気安い感じのキャラが欲しいなと思って。あと、ここらで原点回帰じゃないですけど、1冊で話を収める巻がもう1回くらいあってもいいなと思っていて。とはいえ結局やりたいことは全部収まらず。14巻の童話世界の話は実は二亜の後編も兼ねています。なので13～15巻は二亜と六喰《むくろ》で半々にしているようなイメージですね。
つなこ　13巻コミコの様子がすごい楽しいなと思って読んでいたのですが、私は当時大規模なコミックイベントに出たことが一度もなくて。社会人になって以降、一般参加で見に行く機会も少なかったので、「これであっているのかな?」と思いながら描いていました。子どもの頃に参加した地方イベントの記憶で描いている感じです。写真をググったりはしたんですけど、わかってない感じになったらやだなと思いましたね。あとは……漫画をみんなで描いているっぽい絵は、私も学生時代に友達5〜6人でやっていたので、楽しかった記憶がよみがえりました。

――そして、14巻からは六喰の話ですね。

橘　昔からナンバーズ的なものを作るときには、最後に6を持ってくる癖がありまして。多分僕が6月生まれだからなんでしょうけど……好きなんでしょうね、6という数字が。とはいえその結果、いろんな能力や属性が粗方なくなった状態で作らなければならなくなってしまい、ハードルが上がってしまいました（笑）。でも、考えてみたら金髪のキャラがこれまでメインキャラにいなかったというのも、なかなか不思議な話ですよね。

つなこ　たしかに、金髪キャラはザ・ヒロイン！　という感じになりやすいのに不思議ですね。

橘　いるのは、エレン、アルテミシア、ミリィという……あとは神無月《かんなづき》か（笑）。六喰は最後なのでちょっと強くてもいいかな、と思って能力を設定しました。この巻からはバトル！　バトル‼　またバトル‼　になると思っていましたので。ちょっと盛ろうと思って。それに天使がミカエル、大天使長ですよ。強いに決まっている！　と。

あとは「デート」のコンセプトとして、精霊は災害の擬人化みたいなところがあったんですよ。

つなこ　初期に何キャラ分か聞いたことがありますが、例えば十香は……。

橘　最初のイメージは地震です。それで四糸乃は冷害。狂三はちょっと特殊で神隠し。琴里は火災で八舞は台風。美九は騒音ですかね（笑）。

つなこ　歌姫なのに（笑）！　七罪はどんな災害なんですか？

橘　七罪は……ネット炎上（笑）。

つなこ　メンタルに災害が！

橘　二亜は個人情報流出で、六喰が隕石。折紙は難しいところですね。やや隕石感あるけど、被っちゃうので。

つなこ　攻撃方法的にはもはや神の光っていう感じですよね。

橘　雷に近いところはありますが、それは万由里ですし。強いて言うなら「天罰」？　災害からはちょっと離れますが。しかし宇宙まで行くとは。フラクシナスも新しくなるし、マリアも出てくるし。あとは後半の童話世界ですかね、この話はいつかやってみたかった話ではありました。

つなこ　六喰はあの髪の毛を描くのが本当に大変でした！　でも、宇宙で伸びっぱなしの髪に浮遊感があるのがなんだかちょうどいい感じになったと思っています。あと、体形が……年齢感は幼めだけど、ちょっとむっちりしてるっていうのが、うん。なんだ意外といいぞ、と（笑）。自分は子ども子どもしてるキャラが好きだと思っていたんですけど、嗜好の変化、なんですかね。

橘　六喰は今後、誰かを狂わせる何かを持ってるのは間違いないですね。

つなこ　何か新しい扉を開いてしまう子だ……！

橘　実を言うと、六喰の年齢想定は最初、士道の１つ年下くらいだったんですよ。今まで精霊たちの年齢層でいなかった後輩キャラを目指しておこうと思っていて。唯一そこにいた万由里は劇場版キャラですし。だけど喋らせてみたら、もうちょっと低くてもいけるなと思いまして。四糸乃とか琴里の同級生に、もし六喰がいたら……君たちは、この暴力に耐えられるか⁉　と。もうひとつ単純な理由としては、日常シーンを描くうえで、ひとりだけ別学年にいると少し寂しいんですよ。なので、ちょっとだけ微調整して今の形になったって感じですね。そう、15巻の琴里の服を着るシーンがすごくお気に入りで！

つなこ　「なんで1回着た⁉」という（笑）。

橘　この服はアニメからの逆輸入でしたっけ?

つなこ　そうです、そうです。アニメの琴里の私服がめちゃめちゃかわいかったので。

橘　これは素晴らしいですね。あとは天香《てんか》——反転十香と六喰が士道を挟んでいるシーン。ここはやっぱり、いいですよね。でも、同一人物で全く同じ姿の表紙って……反転十香が初めてかな?

つなこ　そうですね。あとは狂三くらい。

橘　この巻は何気に折紙に別人格が入っているっていうギミックが活かされる部分もありましたね。みんなが記憶を失った中、反転十香がいけるなら反転折紙もいけるだろうみたいな。

つなこ　真実の愛ですね!　15巻は「折紙の新装備どうしよう」と、すごく悩んだ記憶があります。

橘　〈ブリュンヒルデ〉ですね。超格好いいです。また、15巻は表紙のポーズが印象的ですね。まさかの反転十香が萌え萌えきゅんという。初期はわりと大人しめなポーズが多かったので衝撃的でした。

つなこ　14巻の表紙でも、ちょっと動きはついていたのですけれど、あれは無重力の宇宙だったのでキャラの動作自体は大きくないんです。15巻でははっきりポーズがついたので、背景も含めてちょっと異質ですね。

橘　16巻では狂三がカバーにリフレイン！　まさか、このままフィギュア化されるとは。

つなこ　そうですよね。こんな後半のイラストまで立体にして頂けるとは……。しかもめちゃめちゃクオリティが高かったです。

橘　ついに満を持して来た狂三の主役巻。この話は前からやりたかったところでした。とはいえ、細かいところは土壇場で決めたところも結構あります。毎回そうなのですけれど、僕は大きな話をざっくり決めはするんですが、細部はその場で決めるようにしています。最初から全て決め込んでいると、ちょっと硬くなってしまうので。ライブ感は大事だと思います。

そして狂三の攻略となればやはり、時間は戻さないとな、と。「この作者、時間戻すの好きだな」と思いながら（笑）。17巻と合わせてですが、狂三の過去が書けたのは良かったですね。最初はもう少しふわっとした感じだったのですが、書いているうちに実像が見えてきました。紗和《さわ》さんの名前はその場で決めました（笑）。

つなこ　そうだったんですか!?　紗和さんもずっと前からいたものと。超重要なキャラになりましたね。それにしても、真の狂三編にようやくたどり着いたという感じですね。

橘　長かったですね！　何しろ3巻で初登場してから、再攻略に至るのが16巻ですからね。

ずっと、敵か味方かわからない状態でした。

つなこ 狂三は最初、なんだか悪いやつっぽく出てきたのですが、やっぱりめちゃめちゃいい子だったというのが、みんなの心をえぐっていった感じですね。

橘 たしか、この頃でしたっけ。「デート・ア・バレット」が始まったのは。16巻、「バレット」、画集と、3冊同時発売だったような。

つなこ そうか、画集がこのタイミングで！ この時期は「3」づくしでしたね。

橘 完全な偶然ですけど、実は16巻は僕の33冊目の本だったんですよね……（笑）。

つなこ すごい！

橘 偶然ってあるもんだなと思いました。

つなこ この巻の狂三のポーズはスッと決まったような気がします。もう、この頃になると、わりとキャラの個性がわかるように。

橘 たまに、章のタイトルを共通させて作ることがあるのですけれど、この巻と17巻は「〜の〜」で繋《つな》げたイメージがあります。

つなこ そういえば、この巻でモノクロですが、初めてニベルコルが出たんです。色自体は確か、もうこのときに決めていたのですが。ゲームの或守《あるす》鞠奈《まりな》をモデルにして黒に近い灰色っていうのは、決まっていましたので。

橘　「デート」では、割とゲームのキャラが逆輸入されますからね。正確にはニベルコルと鞠奈は別個体ではありますが。17巻の表紙は誰にするかで悩んだ記憶があります。「また狂三なのか？」みたいな感じで。原稿が完全に書き上がる前に表紙を発注しているので、もし全部書き上がった状態だったら……眼帯狂三だった可能性がありますね。もっとも、士道とキスをしているので結果的にニベルコルでよかったんじゃないかな？　とも思っています。

つなこ　ヒロインにカウントされましたね（笑）。

橘　まあ、サブタイトルは「狂三ラグナロク」ですけどね！　まあ今までもサブタイトルと表紙のキャラが違ったことはままありますが。

つなこ　そうですね。7巻も「美九トゥルース」でしたし。

橘　ふと思ったんですけど、狂三やニベルコル、のちに出てくるマリアなど、いっぱいいるヒロイン多いですよね（笑）。必然的にそうなってるだけで別にこだわりがあるというわけではないのですが……でも、数の暴力って言葉は好きです（笑）。終盤くらいから敵側のDEMの層の薄さが気になり始めまして。いつもエレンと戦ってるなと思い、アルテミシアとニベルコルを出した覚えがあります。特にニベルコルやバンダースナッチは、たくさんいるので便利でした。あまり個別キャラクターを増やし過ぎるのもよくないかなと思ったので、〝DEM十人衆〟とかを作るのはやめました（笑）。

つなこ　敵がまた別にいる可能性もあったんですね。

橘　DEMの補強はしなきゃいけないなと思っていましたので。そしてこの辺からようやく黒幕というか……話全体の流れが見えてきました。わりとこの巻もターニングポイントなんじゃないかなと思います。

終盤、澪《みお》と真士《しんじ》の過去話をしたあとに、狂三の中から澪が出てくる。うん。何年も前からこのシーンが書きたくて、17巻まで書いていたんですよ！　担当さんからは「お腹から出てくるのはグロくないですか？」と言われたんですけど、「ここはやらせてください！」と言った覚えがありますね。

――いよいよ次は澪が登場する18～19巻ですね。

橘　18巻の表紙は全巻の中で一番好きですね。本当に素晴らしいです。

つなこ　やっぱり、ロゴの色がすごい！

橘　改めて見てもこれはすごい。澪の霊装がマタニティドレスモチーフというのも、ちょっと衝撃でした。僕からは絶対に出てこない発想だなと思いました。

つなこ　植物モチーフというイメージも初期の段階にありましたね。

橘　たしかに、ラスボスが植物系というのは珍しいかもしれませんね。

つなこ　たしかに草タイプのボスですね。

橘　サブタイトルの「澪ゲームオーバー」なんですが、ゲームオーバーって単語は、実は3巻で使おうとしていたんですよ。でも没になってしまったので、「いつか使いたいな」と思っていて。何か絶望的な状況になる話になったら使おうと考えていました。だから、「ここしかない」と。

つなこ　ストーリー的にも、もうこの辺り本当に……おそらく、一番早く原稿を読ませていただいているにもかかわらず、早く続きが読みたくて毎回次巻が待ち遠しかったです！　やっぱり澪のデザインの印象がすごく作業的にも記憶に残っていて。人間っぽさを減らしたくて、他のキャラに比べて神話みたいな服になっています。頭についている葉っぱとか花がちょっと桜っぽくなっているんですけど、最終巻の十香とちょっと結びついたのが、よかったなと。あと、ぬいぐるみのクマをなんとかしてどこかに設置したいな、と。ただ顔が見えるとコミカルになりすぎるので服の中に仕舞ったら、ゲーム版の「ルーラー」のヴェールみたいになりました。

橘　いい塩梅かと思います！　……「デート」シリーズで一番お気に入りの巻を選べと言われたら、18巻を選んでしまうかもしれないですね。話の展開、イラスト、デザインと、あらゆる要素がピークに達してるのは、たぶんここじゃないかなって思います。

つなこ　こんな後ろのほうの巻で最大の盛り上がりを見せていくというのは、やっぱりすごいなと思います。

橘　結果的に……なんだろう。最初に書きたかったところでいちばん盛り上がってくれてよかった、という感じがします。澪の絶望感もすごいですし。

つなこ　いや無理ゲーですね。近づいたら、死ぬ（笑）！

橘　こりゃ勝てねぇなってなりますよね（笑）。19巻は……五河《いつか》兄妹集合の口絵も好きなんですよ！

つなこ　熱いですね、これは！　琴里と真那《まな》の最初の口絵は対立していたのですが、心強い仲間同士になりました。

橘　すごく好きです。そういえば共闘したことなかったなと。琴里の限定霊装、かっこいいですよね。めったに出てこないですけど。あと、海を歩く4人のシーン。僕の最初のイメージでは、もっと遠景のイメージだったんですよ。読者さんがどちらを求めているかといったら間違いなく現在のほうなんですけど。

つなこ　多分、エモいのは思いっきりカメラ引いた構図の方ですね。映像とかだと、多分そっちの方がいいだろうな、と思います。

橘　遠景で歩いてる絵が欲しいとは言ったんですけど、やはりみんなしっかりキャラクターが見たいでしょうし。ちなみに、この巻のデートのコンセプトは……不倫デートなんですよね（笑）。

つなこ　作中でも令音さんが言っていましたね。しかも一応、通っている学校の先生なのでダブルで危ない（笑）！

橘　いつものようにデートのコンセプトに迷ってると、担当さんから今回は「不倫だ！」って。「またけったいなことをぬかしおる」と思ったのですが、たしかにやってなかったなと。失楽園。パラダイスロストです。令音さんは1巻からいたキャラなので、ちゃんと話が回収できてよかったです。終盤に澪とウェストコットが相打ちになる一連の流れとセリフが個人的にはすごく好きですね。澪が士道を逃がすときの「私は君が大好きだ。——ただし、シンの次にね？」というのも、もの凄くお気に入りですね。ウェストコットと対峙したところの「君は私のタイプではなかった」も、その後のウェストコットとウッドマンの「同じ女に振られた者同士だしね」も！

つなこ　いいですよねぇ、この辺りの会話……。しかしあらためて、澪一人を巡って凄いことになっている世界。

橘　琴里が士道に言う「やっぱり純愛カップルには敵わなかった」っていうのも好きですね。コンセプトにのっとってくれたなって感じがして。あとは……やっぱり、そうですね。

澪が消えるところで真士の声が響く……ベッタベタなんですけれど絶対にやりたいと思っていました。

つなこ　19巻はなんだか……澪もなのですが、令音をヒロインぽく描けて、本当によかったと思います。ただ、当時読んでいるときに最後「なんだって!?」と。すんなりハッピーエンドに向かうわけじゃないのか、と！

橘　最初は19巻で終わらせるという案もあったんですよ。澪がラスボスなので、澪が消えておしまい、と。ただ、話し合いの過程で「メインヒロインって十香だよね」という話になりまして（笑）。「十香をもう一回やらなくて大丈夫？」という話になって、今の形になった感じですね。

つなこ　いやあ、続きが見られてよかった！

橘　想定していた話は全部終わったんですけど、「十香が消える」というのは決まっていたんですよ。もし、この巻で終わらせるなら、十香が消えて、戻ってくるまでを19巻で全部やるっていうイメージでしたね。ちょっと分厚くなりそうでしたけど。ですが、やっぱり十香の話をちゃんとやろうということで「これは私がいただく」という強奪シーンが入りました。正直あの場にいたらポカーンですよね（笑）。

――そして、いよいよクライマックスですね。

つなこ　20巻はロゴが2色になってるのがいいですね。

橘　これは面白いですね。「デート」はロゴがシンプルなだけに、いろいろやりやすいところはあると思います。20巻といったら、やっぱりバトルロイヤルの口絵が最高ですね！　四糸乃が超かっこいい！　〈囁告篇帙《ラジエル》〉狂三にカラーがつき、その狂三に向かっていく四糸乃の【凍鎧《シリヨン》】がね……ちょっと、あまりにかっこよすぎる。多分、イラストで出てきたのは初めてですよね。

つなこ　そうですね。先にアニメで登場することになって、デザインはあったので、自分でも描くことができてよかったです！

橘　それから、合体十香の【創世の剣《イェツェルーヘレヴ》】。あ、それで思い出しましたけど、【最後の剣《ハルヴァンヘレヴ》】ってあるじゃないですか。あれもセフィラに関わる言葉なので、ルビはヘブライ語っぽくしようと思っていたんですよ。ただ、当時はあまりヘブライ語の資料を持っていなかったので、【最後の剣】の英訳である〝ファイナルソード〟を一文字ずつヘブライ文字に置き換えて無理やり読んだっていうのが「ハルヴァンヘレヴ」の語源です。だから、あれは僕にしかわからない、なんちゃってヘブライ語なんです（笑）。

つなこ　言語を作り出してしまった（笑）。

橘　なんですけど、のちのち資料が手に入って調べてみたら……「剣」のヘブライ語は本当に「ヘレヴ」だったんですよ。「よかった！」と思いました。
簡単にまとめると、十香は、「ファイナルソォォォォォド！」って言いながら必殺技を撃ってるというわけですね（笑）！

つなこ 表紙の十香は、普通の十香と反転十香の装備を割らずに足している感じなのですけど、首のところにある石が半分から上が十香の、下側だけ反転十香のものになっています。

橘 本当だ！　何かチョコレートみたいになっている。

つなこ あと、意外といろんな人に気付いていただけたのが口絵1枚目のガーターベルトについてる石も、目と同じオッドアイになってます。

橘 いやぁ、オッドアイはやっぱりいいものです。なによりパーフェクト十香、かっこいいですよね。最初のキャラクターデザインでスッと決まりました。つなこさんは「大丈夫ですか？」って心配されてましたけど（笑）。

つなこ 最初に出した案1枚がそのまま通ってしまって……本当にいいのかな、って思いました。表紙キャラですし。

橘 確かに、その感覚は僕もなんとなくありますね。短編とかを出して、1回も修正が入らないと「いいんですか⁉」みたいな……逆に不安になる訳です（笑）。

つなこ　あと……やっぱりバトロワのシーンが熱いですね！　みんなの成長が見られて！

橘　自分で書いていてあれですけど、やっぱりそうですね。実は、最後に勝者を誰にしようかは決まっていなかったんですよ。順当にいったら、強さ的には六喰か狂三か……折紙と琴里もいい線いくけど、どうしようみたいな。ですが、意外性も欲しいとなったところで、四糸乃はどうかと。意外性がありつつも、十香とも一番縁が深い。琴里とか折紙はもっと前から会ってはいるんですけれど、2番目に出てきた初めての妹分が十香へ発破をかけてくれる……という意味でも良いシーンになってくれたのではないかな、と。四糸乃の優勝は、やっぱり今考えても、これしかないなっていう感じです。20巻の終盤は……今でも覚えてますけど、ファミレスの一番奥の席で、ボロボロ泣きながら書いていました。19、20、22はボロ泣きでした。21はまだ話が終わっていなかったので大丈夫でしたけど。まあ正直だいぶ不審者だったと思います。

本当は20巻で終わる予定だったんです。いや、19巻のときも似たようなこと言ってましたけど。ただ、随分前に、各キャラクターのエンディングをｉｆルートで書けたら面白いね、みたいな話をした覚えがあって。それとの兼ね合いもあるのかなと思うんですけど、「全員分のエピローグが書いたら面白いのでは？」という話に。偶然にも！　ヒロインの名前に数字が入っていましたし！　10人……正確には11人なんですけど、ちょうど10まであるから、10章構成でどうか、と。まあ、それでも最初は1冊で収める予定だったんですけどね。でも、それだとやっぱり1人25ページから30ページくらいしか使えないんですよ！

つなこ たしかに、それだとすごく少ない……。

橘 そうなったときに、1冊を分厚くするか2冊に分けるかを聞かれて……「分けたら挿絵がいっぱいになるよ」って言われたので「分けます！」と（笑）。それで、初めてサブタイトルに（上）（下）がつきました。最後だし特別感出るからいいかなと。「十香グッドエンド」で終わるということ自体は、間違ってないですから。

つなこ 間違っていない！

橘 この〈ビースト〉のデザインがね……「21巻になっても、つなこさんはまだこんな引き出しを残していたのか！」と思うくらいに大好きです。

つなこ なんだか悪そうな白髪《はくはつ》のキャラって、本当にいいですよね。

橘 個人的な好みもあるかもしれないですけど、この21巻の表紙も……めちゃくちゃ好きなんですよ。18巻の次を選べと言われたら、この巻かもしれない。表紙全体の完成度では2巻の四糸乃も素晴らしいんですけど……。ロゴにひびが入っているのも含めて素晴らしいです。

つなこ　背景が真っ黒なのも特別ですよね。

橘　ロゴの配置も、あえて不安を煽《あお》るような感じに崩れてて。もうグッドエンド以外の何物でもない（笑）！　口絵も中学組がみんな揃って学校に通ってて。七罪の萌え袖カーディガン&タイツや、髪を切ってる六喰、真那が竹刀袋を抱えていたり、四糸乃とよしのんがお揃いの帽子と制服を着ていたりと、細部の変化が非常に良いなと思っています。

つなこ　ただこの絵、今見るとよしのんがどうやってかばんを持っているのか（笑）。マジックテープか何かかな？

橘　そして第零章。これは数字に合わせるために序章じゃなくて零章にさせてくれないかという相談をしましたね。あと、試し読みの時点で目次が見られたので、氷芽川《ひめかわ》四糸乃の名前が先に解禁されたのは覚えてます。氷芽川四糸乃の名前はお気に入りです。漢字6文字でめっちゃ長い（笑）。

つなこ　新しく苗字がついたのは新鮮でした。ほぼ1文字1音当たって氷芽川四糸乃！

橘　「仏恥義理夜露死苦《ぶっちぎりよろしく》」みたいな（笑）。全ヒロインのエピローグを書けるお話もそうはないのでありがたいなと思います。あとこれ試し読みの時点で、ちょうど本文55ページの途中までだったんですよ。折紙が「結婚するの、正確にはもう入籍を済ませている」「誰と？」……士道を指さす。というところまで。これは狙ったなと思って（笑）。

つなこ　あれ、もしかして本当にやったのか!?　と思っちゃいますね。

橘　みんな冗談だとはわかっているんです。わかってるんですけど「大丈夫？　折紙だよ？」と。謎の信頼感がある。

21〜22巻は、分冊にするなら「やっぱり新しい精霊が欲しい」と言われまして。誰にしようか、となったときに、並行世界の十香が出てきました。我ながら、エピローグでまたとんでもないのをのぶっこんだなと思いますが。でも、良い形になってくれたんじゃないかなと思います。

つなこ　21巻は結構1巻の構図を踏襲して描く絵が多くて……いや、懐かしいなって思いながら描きました。口絵の士道と〈ビースト〉が向かい合っている絵とか、本文のクレーターの絵とか。昔の絵と並べながら描いていました。21巻の表紙背景にある武器は最初、雰囲気でいけるかと思っていたんですけど、描いている途中で、形に意味がないせいでぱったり進まなくなってしまって。これはちょっとちゃんと剣のデザインも考えないと駄目だと思って、深夜に急いでラフを送ったことはしっかりと覚えています。

橘　……じゃあ最後に22巻の話をしますか！　いろいろあるけど、まずは風待《かざまち》八舞さんかな。

つなこ　ここにきてついに登場するとは！　完結までに謎が明かされました。

橘　本当ですね、いやー、マフラーってなんでこんなかっこいいんでしょう。僕の中で風待八舞ってヒーローなんですよ。ヒーローといえば、やっぱり風になびくマフラーのイメージですよね。この本でデータも公開されているのですが、やはり色々大きいし強いです。普通の精霊のステータスは、基本255をMAXに設定しているのですが、風待八舞は、それまで個別に成長を遂げた耶倶矢と夕弦の統合体ということで、一部限界突破しています。

あとはなんといっても〈ビースト〉の十香。〈鏖殺公《サンダルフォン》〉に次元を超える能力があったなんていうのは僕も初めて知りました（笑）！

つなこ　な、なんだってー（笑）。

橘　細かいところはライブ感で書くので！　ただ、この並行世界十香がこっちの世界についてきてエンディングになる、という想定は全くしていなかったです。それはしちゃいけないかなって思っていましたので。ただし、それはそれとして貴様には幸せになってもらう！　「蒼穹のカルマ」から読んでもらっている方は想起されたかもしれないですけど、僕は墓の下から手が出てくるのは全然ありだと思っているタイプなんです。「駄目だ！　お前はそこで終わらせない！　行け、狂三！」と（笑）。もう何としてでも全部丸く収めてやるという執念です！

つなこ　挿絵的にも未亡人狂三が描けて、とても楽しかったです。

橘　そして、これまでは「一〇章」という表記だったのですが、22巻では「十章」でやらせていただいています。これが十香の章である、という証ですね。また、最終巻には終章がないんです。終わらないいんです。……そういう意図があったかどうかは、えー……ありました！　たぶん（笑）！　それと、最後のシーンもやっぱり、素晴らしいイラストをつけていただきました！　これのおかげで、ずっと書きたかったラストになってくれたかなと思います。最後のセリフだけは本当に何年も前からこうしようと思っていました。

つなこ　22巻は屋上で〈ビースト〉十香ちゃんと士道くんが座っているシーンとか、二人の距離感が合ってるのかが少し不安で、ラフを出した時に担当さんとは少し細かくやり取りをしていました。あまりイチャコラしていると良くないのかなって。十香のための話なのに他の女と！……みたいな。十香ではあるのですが、一応別個体なので。「お互いにもう死んだ恋人のことしか見てない」という、解釈で合っているということだったので、目線を合わせず、二人ともここにはいない人のことを想っている感じにしました。作業順的に一番最後に上がったのは、前半登場組の精霊たちが並んで「いくぞ！」ってやっているシーン。これが最後のイラストだと思ってアニメ1期の主題歌をBGMにして描き上げました！

橘　僕は最後の十章で十香が戻ってくるところを書いたときにはもう、涙ボロボロでしたね！

――長い時間振り返り、ありがとうございました。それでは最後にファンのみなさまへメッセージをお願いします。

橘　22巻か……長かったですね！

つなこ　長かったような、短かったような不思議な感覚ですね。

橘　いやぁ……駆け抜けるように仕事してましたね、10年間。思い残すことといえば……各精霊たちの反転姿と、霊装を交換した姿が見たいことくらいです（笑）。

つなこ　反転姿が出ていないキャラは本当にいつか描きたいですね。あと衣装交換はロマンです！

橘　何かSSで書いた覚えはあるんですけどね（笑）。ともあれ……本編は去年に完結しましたが、幸運なことにアニメも進行中ですし、まだ「アンコール」も「バレット」も続いています。いや、本当にもう、10年といったら長いはずなんですけども、振り返ってみれば早かったような気もします。つなこさんの言っていた通り、不思議な感覚です。10年間、本当に脇目も振らずに前しか向いていなかったので早く感じたのかな、と。

本編が全22巻、短編が10巻、外伝が現在7巻で、アニメを3期やっていただいて、劇場版があって、4期も控えていて、「バレット」のアニメもやっていただいて、ゲームもHD版含めて5本も出て、スマホゲームも作っていただいて。コミックも本編2本、外伝1本、コメディが1本、4コマも……。フィギュアもグッズもたくさん作っていただきました。ゲームのコラボもいっぱいで……なんかもうなんだろう。本当にありがたいですね。誰のおかげって言ったら、応援してくれた読者のみなさんのおかげなので。本当に10年間ありがとうございます！　幸運なことにまだ続けて欲しいと言ってくださる方がいらっしゃるので、もうちょっとアニメなどでもお楽しみいただけるかと思います。ぜひ今後ともよろしくお願いいたします！

つなこ　いや、本当に……あっという間で。気がついたら10年経っていたという感じです。大人になってからの時間の流れが異様に早く感じるというのもあるんですが（笑）。橘先生もおっしゃってる通り、いろいろな展開をしていただいて、あれもこれも本当に現実なのかなと、いつも不思議な気分になってます。この間始まったような気もしつつ「デート」がない状態はもはや自分の人生では考えられません。キャラクターたちと一緒に生きているという感じがすごくしています。読者の皆さんもそうだったらすごく嬉しいなと思っております。完結後もSNSやイベントで感想をいただくこともすごく多くて本当に恵まれているなあ、と感じています。アニメや短編などもまだまだ続いていますが、新作もがんばっていきたいと思いますので、こちらも併せてよろしくお願いいたします！

――ありがとうございました。

DATE A LIVE MATERIAL 2

デート・ア・ノベル

DATE A NOVEL

十香キングダム

Kingdom TOHKA

TE A NOV

「──此度《こたび》はお招き戴《いただ》き、誠にありがとうございます、国王陛下。身に余るご歓待、恐悦至極に存じます。我が王も──」

「よい、よい。普通に話すのだ、堅苦しい」

「は──？」

分厚い絨毯《じゅうたん》の上に跪《ひざまず》き、頭《こうべ》を垂れていた天宮《てんぐう》王国の大使・五河士道《いつかしどう》は、頭上からかけられた言葉に、思わず顔を上げてしまった。

すると、豪奢《ごうしゃ》な装飾が施された謁見《えっけん》の間、そしてその中央に置かれた巨大な黄金の玉座に座した、一人の少女の姿が目に映る。

歳《とし》の頃は士道とそう変わらないだろう。肩に背に煙る夜色の髪。幻想的な色を映す水晶の瞳。まるで神代の名工が魂を削って創《つく》り上げた人形のように可憐《かれん》な少女である。

だが──彼女はただの可愛《かわい》らしい少女ではなかった。

その頭上に戴くは、金の王冠。

そう。彼女こそはこの十香《とおか》王国の王、夜刀神《やとがみ》十香その人だったのである。

「……っ！　ご無礼を──！」

そこで士道はハッと息を詰まらせ、再度深々と頭を垂れた。如何《いか》に意外な言葉に驚いたとはいえ、王の許可なく顔を上げるなど、大使にあるまじき行為である。

しかし十香は声を荒らげるでもなく、ふうと息を吐いてきた。

「だから、よい。面を上げろ」

「は……」

十香に言われ、士道はもう一度顔を上げた。

すると十香は軽く上体を前に倒すと、士道の顔を覗《のぞ》き込むようにしながら続けてきた。

「大使殿、名は何という」

「は。五河士道と申します」

「ふむ、シドーか。いい名だ。なんだか初めて聞いた気がしないぞ」

「そうなのですか?」

「うむ。だいぶ前から知っている気がする。それこそ何年も前から」

「何の話かわかりませんがとてもやめておいた方がいい気がします!」

十香の言葉に、士道は思わず叫びを上げた。すると十香が、「おお」と目を丸くしてくる。

「そうか。作中時間的にはまだ一年経《た》っていないくらいだったな。いやしかし本編では……」

「作中時間とか本編とか何のことですか⁉」

ひとしきり突っ込んだのち、士道はまたもハッと肩を震わせた。

「も、申し訳ありません、ご無礼を……」

「気にするな。むしろ敬語などいらぬ。普通に話すがよい」

「いえ、そういうわけには……」

士道がそう答えると、十香は不満そうに眉を歪《ゆが》め、ちらと左方に目をやった。

するとそこに控えていた、長い髪を二つ結びにした少女が、こくりとうなずいてから口を開いてきた。

「じゃあこうしましょ。これから十香に敬語を使うたび、大使殿の悪評を天宮王国に送らせて貰《もら》うという方針で」

「おお！　それはいいな！」

「へッ⁉」

突然発された提案に、士道は素っ頓狂な声を上げた。

「ちょ、ちょっと待ってくださ――」

「むん？」

十香が不満そうな顔をして士道に視線を向けてくる。士道は慌てて言葉をのみ込んだ。

「……待ってくれ」

「うむ、やればできるではないか！」

「…………」

士道は額に汗を滲《にじ》ませながら、小さく息を吐いた。……相手は仮にも一国の王様だというのに、なぜか士道も、こちらの方がしっくりくる気がしてしまったのである。

「……それで、そちらの子は」

言って、先ほど不穏極まる提案をしてきた少女の方を見る。すると十香が、気安い調子でうなずいてきた。

「おお、紹介が遅れたな。十香王国の大臣、五河琴里《ことり》だ」

「初めまして、大使殿。よろしくね」

大臣・琴里がスカートの裾を持ち上げて挨拶《あいさつ》をしてくる。

「ああ、こちらこそよろしく……って、君も五河っていうんだな」

「あら、そういえばそうね。じゃあこれからは士道もしくはおにーちゃんって呼ぶわ」

「唐突過ぎないかな⁉」

士道が叫ぶも、琴里はさして気にした様子もなく、ヒラヒラと手を振るのみだった。

するとそれに継ぐようにして、十香が言葉を続けてくる。

「──さて、シドー。おまえは我が王国は初めてだな？」

「はい……じゃなくて、ああ」

「そうか！　ならば私がいろいろと案内してやろう！」

士道が答えると、十香はパアッと顔を輝かせてそう言ってきた。

そのあまりに自然な調子に思わずうなずきかけた士道だったが、すんでのところで「いやいやいや」と首を振る。

「ちょっと待ってくれ。それ大丈夫なのか？」

「む？　何か問題なのか？」

「いや、何かと言われると困るが……」

士道は助け船を求めるように、琴里の方をちらと見た。如何《いか》にフランクな関係とはいえ国王と大臣である。いきすぎた行動を諌《いさ》めてくれるのではないかと思ったのだ。

だが琴里は、やれやれといった調子で肩をすくめた。

「仕方ないわね。気を付けなさいよ？　あなた一応王様なんだから」

「うむ！　気を付けるぞ！」

「それでいいのかよ!?」

たまらず士道が叫びを上げると、琴里はふうとため息を吐《つ》いてきた。

「まあ、王宮内なら比較的平和だしね。それに、十香王様だし。逆らったらきなこ抜きの刑だし」

「き、きなこ……？」

士道が怪訝《けげん》そうに問うと、琴里が大仰にうなずいた。

「あら、知らない？　十香王国の特産品なんだけど。王国民はだいたい毎食食べてるのよ」

「いや、知ってはいるけど……きなこ抜きって刑罰になるようなことか？」

「何言ってるのよ。きなこを三日も抜いたら、禁断症状で手が震え始め、きなこを求めて暴れ回るようになるのよ」

「それ本当にきなこだよな⁉」

思わず大声を上げる。すると琴里は、冗談めかした調子で肩をすくめてみせた。

「まあ、いいじゃない。十香も一度言い出したら聞かないし、付き合ってあげてよ。王様直々に王宮を案内だなんて、なかなかあることじゃないわよ？」

「そ、それは……そうだけど」

言いながら、士道は十香の方を見やった。目をキラキラさせながら嬉《うれ》しそうにしている十香と目が合う。

「う……」

王様云々《うんぬん》関係なく、そんな目で見られては嫌だなどと言えるはずがない。士道は小さく息を吐くと、苦笑しながらうなずいた。

「……じゃあ、よろしくお願いするよ」

「おお！　ではさっそく行くぞ、シドー！　我が自慢の王宮を見せてやる！」

十香は元から明るかった表情をさらに輝かせると、玉座から立ち上がってトントンと壇を降り、士道の手をぐいと引いてきた。

◇

──それから数分後。士道は十香に先導されながら、王宮の中を歩いていた。

石造りの豪壮な城である。そこかしこに、職人のこだわりが光る石細工や高級そうな調度品、巨大な絵画などが飾られており、そこを歩く士道を否応《いやおう》なく緊張させた。

なんとも情けないことではあるが……仕方ない。もしも躓《つまず》いて壺《つぼ》の一つでも壊そうものなら、士道が一生働いても支払いきれない額を請求されるやもしれなかったのである。

だが、それらの持ち主であるはずの国王・十香は、まるで一〇年来の友人のような気安さで、士道に話しかけてきた。

「ではまずは騎士舎に行こう。我が国が誇る最強の騎士団を紹介しようではないか」

「騎士団！」

士道は目を見開いた。

十香王国の騎士団といえば、精兵揃《ぞろ》いで有名である。天宮王国のタマ・チャン王からも、是非その様子を視察してこいと仰《おお》せつかっていたし、士道自身も強い興味を持っていた。

武芸の才に恵まれなかったため文官として身を立てているものの、士道も男。かつては剣を振りかざし敵を討《う》つ勇壮な騎士に憧れを抱いたものである。

「ほら、こちらだ」

十香が士道の手を引いてバルコニーへと出る。

「おお……」

眼下に広がる光景に、士道は思わずうなりを上げた。

巨大な騎士舎に、厩舎《きゅうしゃ》。そしてその前方に広がった、練兵場と思《おぼ》しき広い空間。そこに、白銀の鎧《よろい》を身に着けた騎士たちがずらりと整列していたのである。

まさに圧巻。士道はぞわりと鳥肌が立つのを感じた。

「これは……凄《すご》いな」

「うむ。自慢の騎士団だ。――ほら、あそこにいる二人が騎士団長だぞ」

「え？」

言われて、士道は十香の指さした方向を向いた。

するとそこに、瓜二《うりふた》つの顔をした少女が二人立っていることがわかる。双方鮮やかな山吹色の鎧に身を包んでいたのだが、なぜか髪を結い上げている方は、その上に漆黒のマントを身に着けていた。

「双子……？」

「うむ。双子の騎士、耶倶矢《かぐや》と夕弦《ゆづる》だ」

十香が言うと同時、耶倶矢と夕弦が彼女の存在に気づいたように、同時にこちらを見上げてきた。

「うん？　おお、十香ではないか」

「疑問。隣の人は誰でしょうか」

「天宮の大使、シドーだ！　耶倶矢、夕弦！　我が騎士団の勇姿を見せてやってくれ！」

十香が叫ぶと、耶倶矢と夕弦の目がキラリと輝いた。

「ほう？　なるほどな。くく……士道と言ったな。どうやら貴公は余程運命の女神に愛されていると見える」

「首肯。実は今日はこれから、一対一の模擬戦を行うところだったのです」

言って、二人がバッと手を掲げると、それに合わせて整列していた騎士たちがざざっと左右に割れた。

そして耶俱矢と夕弦が、その開けた空間の中央に歩いていき、そこで足を止める。

「さあ、刮目《かつもく》するがよい！　十香王国最強と謳《うた》われた我が剣の舞を！」

「否定。最強は夕弦です。耶俱矢はぶっちゃけ三番目です」

「えっ二番誰⁉」

それまでの尊大な調子を忘れたかのように、耶俱矢が表情を崩す。が、すぐに国王と大使の前であることを思い出したのだろう。コホンと咳払《せきばら》いをし、居住まいを正した。

「――剣をここに！」

「要請。戦闘準備を」

そして耶俱矢と夕弦がそう言うと、後方から騎士たちが走ってきて、二人の隣に『剣』を置いていった。

「…………ん？」

それを見て。士道は首を傾《かし》げた。

しかしそれも当然である。何しろそこに置かれた『剣』は、脚が四本に背もたれがついており……まあ簡単に言ってしまうと、椅子にしか見えなかったのである。

「なあ十香、あれって一体……」

「む？　剣だが」

「椅子じゃないのか」

「おお、そうとも言う」

――そうとしか言わない。

士道は頬に汗を垂らしながらも、喉元《のどもと》まで出かけたその言葉をのみ込んだ。

「ど、どういうことだ？」

「うむ。正確に言うのなら、あれは鞘《さや》なのだ。背もたれをよく見ろ」

「え？」

十香の言う通り椅子の背もたれに目をやると、確かにそこから、剣の柄《つか》のようなものが伸びていることがわかる。どうやら、背もたれに剣が収まっているらしい。そういえば先ほど十香が座っていた玉座も、大きさこそ違うものの似たような構造になっていた気がする。

「我が十香王国では基本的に、剣は椅子に収まっている。我々の武器大体椅子」

「な、なんでまた……持ち運びしづらくないか？」

「なんでと言われてもな。昔からそうなのだ」

と、十香が腕組みしながらそう言うと、耶倶矢と夕弦が椅子の背もたれから剣を引き抜いた。

「ふっ、いざ尋常に」

「呼応。勝負です」

そして挨拶《あいさつ》をするように細身の刀身を触れ合わせ——二人の戦いが、始まった。

「突撃。ふ——ッ！」

夕弦が剣の切っ先を耶倶矢に向け、目にも留まらぬ速さで雨のように刺突を見舞う。が、耶倶矢はその連撃をかわすと、夕弦の剣をからめとるように剣を蠢《うごめ》かせた。

「はぁッ！」

裂帛《れっぱく》の気合いとともに耶倶矢が剣を天に掲げるように切り上げる。するとその動きに合わせて夕弦の剣が弾《はじ》かれ、夕弦の手を抜けて空へと放り出された。

「！　上手《うま》い！　耶倶矢の勝ちか⁉」

「いや、まだだ！」

十香が叫ぶと同時、夕弦は鎧を着込んでいるとは思えない軽やかさで後方へと飛び退《の》いた。

無論、耶倶矢とて黙って見ているわけではない。夕弦の胴を狙って、剣を横一文字に滑らせる。訓練用に刃引きはしてあるだろうが、まともに食らえばかなりの衝撃になることは想像に難《かた》くなかった。

が、次の瞬間、夕弦はそこに置いてあった椅子の背もたれに手をかけると、そのまま腕で身体《からだ》を持ち上げるように飛び跳ね、耶倶矢の一撃を避《よ》けた。

「く――！」

剣を振り抜いた耶倶矢がたたらを踏みそうになりながらもどうにか姿勢を保ち、夕弦に向かって突きを放つ。

すると夕弦は椅子の下に潜り込むと、椅子の座面でその攻撃を受け止めた。

「うそぉ⁉」

まさかの椅子活用法に士道は驚愕《きょうがく》の声を発した。それを聞いてか、十香がふふんと得意げに胸を反らす。

「どうだ。あれこそが十香王国伝統の椅子術《チェア・アーツ》。剣を失ったとしても椅子で防御も攻撃もこなせるのだ」

「椅子術《チェア・アーツ》⁉」

「そう。うちの騎士たちは皆、座学でジャッ○ー・チェンの映画を見ているのだ」

「いくらなんでも世界観無視し過ぎじゃないか⁉」

士道は思わず叫びを上げた。ここは十香王国。ちらほらとライトファンタジーに散見される都合のいい解釈こそ入るものの、基本的な文明レベルは中世くらいである。無論映画などというものはないし、椅子を巧みに使って戦うアクション俳優など存在しているはずがなかった。

だがそんな士道の混乱をよそに、戦いは佳境を迎えていた。夕弦が椅子の脚を握り、大きく振りかぶる。

「反撃。ていやー」

「舐《な》めるな……！」

しかし耶倶矢も負けてはいない。剣を椅子に持ち替え、夕弦と同じように攻撃を仕掛ける。

ボキャッ！　という鈍い音とともに二人の頭部に同時に椅子が叩《たた》きつけられ、椅子が派手に砕け散った。

「あう……っ」

「朦朧《もうろう》。はぐ……っ」

二人はクラクラと頭を揺らすと、そのまま同時に倒れ込んだ。

……なぜだろうか、頭の中に『プロジェ〇トA』のテーマが流れた気がした。だがここは十香王国なのでそれが何なのか士道には皆目見当もつかなかった。

「うむ、二人とも見事であった。――誰か、運んでやれ！」

十香がパチパチと手を叩いてから言うと、左右に控えていた騎士たちが耶倶矢と夕弦のもとに走り寄り、二人を担《かつ》ぎ上げて騎士舎に入っていった。残った騎士たちが、バラバラになった椅子の残骸《ざんがい》を拾い集め始める。

「よし、では行くぞ、シドー」

「あ、ああ……」

士道は額に手を当てながらも、十香のあとについて歩き始めた。

◇

「ふむ……では次はどこを紹介すべきか。王宮の食を司《つかさど》る大厨房《ちゅうぼう》か、王国の智《ち》の象徴である大図書館か、はたまたメイドがいっぱいの侍従室か……」

廊下を歩きながら、十香がふぅむとうなり、あごに手を当てる。

士道としてはそれら全てを見ておきたいところではあったけれど、まあここは城の主に任せておくのが吉だろう。士道はまだこの王宮の中に何があるのかさえ把握できていないのである。

「む？」

と。そこで不意に、十香が足を止めた。

理由はすぐに知れた。前方から、二人の少女が歩いてきたのだ。

一人は、メイド服に身を包み、左手にこれまた揃《そろ》いのメイド服を着たウサギのパペットなぞを着けた少女。

そしてもう一人は、仕立ての良いドレスを着た、人形のように表情のない少女であった。

「あ――十香さん」

『やっはー。あら？　そちらはお客さん？』

メイド服の少女とパペットが、ぺこりとお辞儀をしてくる。士道はつられるように挨拶をした。

「うむ、大使のシドーだ。――シドー、紹介しよう。四糸乃《よしの》とよしのんだ。この城の侍従長を任せている」

紹介を受けた四糸乃と『よしのん』が、再度礼をする。士道はまたもつられて会釈《えしゃく》をした。

「そしてあっちが――」

と、十香がもう一人の少女を紹介しようとしたところで。

「うひぁ⁉」

士道は肩をビクッと震わせ、悲鳴を上げてしまった。

理由は単純。つい先ほどまで四糸乃の隣にいたはずの少女がいつの間にか士道のすぐ後ろにおり、ふ……っ、と首筋に優しく息を吹きかけてきたからだ。

「こら、折紙《おりがみ》！　何をしている！」

十香が怒鳴り声を上げ、士道と少女――折紙を引き離す。

どうにか落ち着きを取り戻した士道は、深呼吸をしてから折紙に向き直った。

「え、ええと……こちらは？」

「ああ、王妃の折紙だ」

「お、王妃様⁉　ということは……」

「うむ。妻だ」

十香の言葉に、士道は仰天してしまった。いや、王様にお后様《きさき》がいることは普通のはずなのだが、なぜだか妙に驚いてしまったのだ。

そんな士道の驚きを察したのか、十香が補足するように続けてくる。

「政略結婚で鳶一《とびいち》王国から嫁いできた形ばかりの妻だ。未《いま》だに私に懐《なつ》かない」

「そ、そうなのか……」

と、士道がそう答えると、折紙が目をキラリと輝かせ、ぴと……と身を寄せてきた。

「ひゃ……っ⁉　な、何を……⁉」

「やっと見つけた。あなたが私の王子様。望まぬ結婚をした私を連れ出して」

そしてそう言って、しなを作るようにして士道の胸に指を這《は》わせてくる。

「や、その、俺は……」

女性への免疫のなさと、王様の妻に粗相をしてはならないという意識が二重に士道の身体を縛る。

「こ、こら！　やめろ！　シドーが嫌がっているだろう！　というか私の前で堂々と不義の話をするな！」

十香が叫びを上げ、折紙に手を伸ばすと、折紙はするりと十香の手をすり抜けて、そのまま逃げ去っていった。去り際士道の耳元に口を近づけ「今夜、部屋で待っている」と言われたが、そこに行く勇気は士道にはなかった。

「まったく……すまぬシドー。迷惑をかけたな」

「い、いや……」

士道が汗を拭《ぬぐ》いながら首を振ると、横から『よしのん』が声を上げてきた。

『それで、お二人さんはこんなところで何してるのー？』

「ああ……うむ、シドーに我が国のことを知ってもらおうと思ってな。手始めに王宮を案内しているのだ。だが、次に何を見せるべきか迷っているうちに我が王国の恥部を見られてしまった」

明らかに折紙のことだろう。十香が苦々しく渋面を作る。四糸乃が困ったように苦笑した。

「そ、そうなんですか……」

『あ、十香ちゃん。あれは見せたのー？　ほら、お城の裏の』

と、『よしのん』が手をパタパタ動かしながら言うと、十香がポンと手を打った。

「おお！　そうか、忘れていたぞ。我が王国を語る上であれは外せぬな！」

そしてそのまま士道の手を取ると、先ほどよりも速い歩調で廊下を歩いていく。背後で四糸乃と『よしのん』がヒラヒラと手を振っていた。

「わっ……ちょ、どこに行くんだ？」

「いいからついてくるのだ。いいものを見せてやる！」

十香は有無を言わせぬ調子でしばらく廊下を歩くと、やがて城の裏門から外に出た。

「さあ、ここだ！」

そしてくるりと振り向き、バッと両手を広げながらそう言ってくる。

「ここって……うおっ？」

言われて辺りを見回し——士道は目を丸くした。

城の裏手には広大な平原が広がっていたのだが、それが、一面黄金色の植物に覆われ、日の光を浴びてキラキラと輝いていたのである。その美しい光景に、士道はしばしの間目を奪われてしまった。

「すごいな……これ。小麦畑か？」

「いや、違う。きなこ畑だ」

「あ、そうなのか……って、ん？」

十香の言葉に、士道は思わず首を捻《ひね》った。何か、おかしな単語が聞こえた気がしたのである。

「十香、今なんて」

「だから、きなこ畑だ」

「……ええと」

士道は眉根を寄せて頬をかいた。そういえば先ほど琴里大臣が、王国の特産品だと言っていた気がする。

……そもそもここは中世ファンタジー世界なのできなこ自体存在しないはずなのだが、

まあそこで止まってしまっていては話が進まない。それに、それよりも気になることが、今士道の眼前に広がっていた。

「ええと、大豆畑ってことか？」

そう。きなことは簡単に言うと、炒《い》った大豆を挽《ひ》いて粉にしたものである。目の前に広がった植物はあまり大豆には見えなかったが、品種改良でもしてあるのだろうか。

しかし十香は、不思議そうな顔をして首を捻るばかりだった。

「だいず……？　何を言っているのだシドー。きなこはきなこだろう」

「いや、だから、きなこっていうのは……」

と、士道が言いかけたところで、辺りを一陣の風が吹き抜け、きなこ（十香談）の穂をさぁぁぁっ、と揺らした。

すると次の瞬間、揺れた穂波から、まるで杉が花粉を撒《ま》くかのように、黄色い粉が辺りに飛び散った。

「な⁉　こ、これは……」

「おお、きなこだ！」

「へッ⁉」

士道は表情を困惑の色に染めると、きなこの穂についた黄色い粉を指に取ってみた。

そしてそれを矯《た》めつ眇《すが》めつ眺め回してから、ぺろりと舐《な》めてみる。

「……！　き、きなこだ……」

士道は額に汗を滲《にじ》ませながら呟《つぶや》くように言った。しかも、砂糖を加えていないというのにしっかりと甘味がある。十香王国ではこれが普通なのだろうか。

「だから、先ほどから言っているではないか」

「あ、ああ……すまん。にわかには信じられなくて。って……ん？」

と、そこで士道は眉根を寄せた。

きなこ畑のすぐ側《そば》に、人影を発見したのである。

――死体のように地面に倒れ伏した、人影を。

「な……あ、あれは⁉」

士道は泡を食ってその人影に駆け寄った。するとそのあとを追って来た十香が「おお」と声を上げる。

「宮廷画家の二亜《にあ》ではないか。どうしたのだ、こんなところで」

すると十香の呼び声に応えるかのように、ぐったりとしていた少女――二亜がよろよろと顔を上げた。

「……ふ、ふひひ……きなこ……きーなこー……」

そしてうわごとのようにそう呟き、虚《うつ》ろな笑みを浮かべる。

「むう。そういえば二亜は、『きなこを吸うと神が降りてくる！』と言って必要以上にきなこを摂取していたな」

「前言撤回やっぱりこれきなこじゃねぇ‼」

士道は悲鳴じみた声を上げて咳《せ》き込んだ。つい今し方士道もきなこを舐めてしまったのだが……大丈夫だろうか。

「おお、そうだ。少し待っているがいい」

と、十香は何かを思い出したようにそう言うと、近くに生えていた木のもとに走っていった。

そしてその勢いのままぴょんと飛び上がると、木になっていた実のようなものを数個もぎ取り、士道と二亜のもとに戻ってくる。

「よし、やはりなっていたぞ」

「え？　それは……」

士道は目を細めながら、十香が手にしたものを見つめた。果物にしては変わった形をしている。楕円《だえん》形で、表面にまんべんなく黄色の粉が付いており——

「うむ、きなこパンだ」

「さすがにおかしいだろそれは⁉」

　百歩譲ってきなこに酷似した花粉を飛ばす植物があったとしても、パンはさすがにやり過ぎである。しかももぎたてのためか、揚げたてのように香ばしい匂いが漂っていた。この国の生態系がよくわからなくなる士道だった。

「ぬ？　シドーの国では珍しいのか？　これはきなこパンといってだな」

「いや、そういう驚きじゃなくてだな。パンっていうのは小麦の粉をこねて焼いたものだろ⁉　なんで木になるんだよ！」

「む？　そんなのは当たり前ではないか」

「へ……？」

　あっけらかんとした調子で答えた十香に、士道は間の抜けた声を返した。

「しかし、なぜ今パンの話をするのだ？　これはきなこパンだぞ？」

「……ええと、うん？」

　至極当然のように言ってくる十香に、士道は額に手を置いた。士道の認識が間違っていなければ、きなこパンとは揚げたパンにきなこをまぶしたものだと思うのだが……なんだか十香の顔を見ていると、自分が本当に正しいのかどうかわからなくなってくるのであった。

「まあよい。とにかく二亜、食べろ。うちのきなこパンは最高だからな。一口齧《かじ》れば力がもりもり湧《わ》いてきて、元気一〇〇倍きなこパンマンだ」

「また危なそうなことを……ていうかきなこの過剰摂取が原因なのにさらにきなこ与えていいのかよ」

「大丈夫だ。きなこパンは別腹だからな」

何が大丈夫なのかわからなかったが、そう言って十香が二亜にきなこパンを差し出す。

すると二亜が鼻をヒクヒクと動かし、がぶっとそれにかぶり付いた。

「…………！」

すると次の瞬間、二亜がカッと目を見開いたかと思うと、その場に立ち上がった。なぜか身体《からだ》の周りに、きなこ色のオーラが生じている気がする。

「ふう……悪いね王様。助かったよ」

そして先ほどとは打って変わった理知的な様子でそう言い、踵《きびす》を返す。

「じゃあ、あたしは新作の作業に戻るから。今度のは力作だから期待していいぜー？」

二亜はビッと親指を立てると、そのまま足を縮めて大きく跳躍した。ボヒュッ！という音がしたかと思うと、きなこ色のオーラを残して城を飛び越えていった。

「うそぉ!?」

たまらず叫びを上げる。が、十香は別段驚いた様子もなく、腕組みしながらうんうんとうなずいていた。

「うむ、やはりうちのきなこパンはいい出来だな」

「いや、そういう問題なのかこれ……」

「シドーも食べてみればわかる。ほら、これをやろう」

「や、お、俺は……」

「む……？」

と。士道が手渡されたきなこパンを見ながら言葉を濁していると、十香が不意に目を丸くし、顔を上げた。

理由は単純。王都を囲む城壁に設《しつら》えられた見張り台から、突然カンカンカン！　と鐘の音が鳴り響いたからだ。

「！　な……！」

士道は思わず眉根を寄せた。その鐘が尋常なものでないことに気づいたのである。

これは、時刻を報《しら》せるためのものでも、新たな夫婦の門出を祝うためのものでもない。

――敵が、攻めてきたことを報せるためのものだ。

「十香！」

「うむ……！」

士道はきなこパンを懐紙に包むと、十香とともに王宮の表側へと走っていった。

そしてバルコニーに出て王都を一望し——二人は、顔を戦慄に染めた。

高い城壁に囲われた王都。その中に、漆黒の鎧《よろい》を纏《まと》った軍が現れていたのである。

「あ、あれは……！」

「時計に黒猫の旗印……！　時崎王国《トキサキングダム》か！」

十香が渋面を作りながら呻《うめ》くように叫ぶ。

——時崎王国。目にするのは初めてであるが、その悪名は海を隔てた天宮王国にまで轟《とどろ》いていた。気まぐれのように戦争を吹っ掛けては周辺国を併呑《へいどん》し、今や大陸東部最大の勢力となった狂気の王国である。

「な、なんでいきなり王都に……⁉　時崎王国との国境は遥《はる》か先じゃないのか⁉」

「く……やはり噂《うわさ》は本当だったか」

「噂？」

「うむ。時崎王国の女王・狂三《くるみ》は、何やら怪しげな妖術を使うらしい。なんでも影を操り、一瞬にして無数の軍隊を敵の本陣に出現させることができるとか……」

「な……そんなことが！」

にわかには信じがたかったが、目の前でそれが起こっている以上、信じざるを得ない。

士道は緊張に渇く喉を唾液で濡《ぬ》らした。

と――

「――うふふ、ふふ」

そのとき。突然背後からそんな笑い声が聞こえてきて、士道と十香はバッと振り向いた。

「な――!?」

「おまえは……！」

そして、驚愕《きょうがく》に目を見開く。

しかしそれも当然である。士道たちがいる広いバルコニーの上に、先ほどまではいなかった一団が、突如として出現していたのだ。

黒い鎧を着込んだ騎士たちが、天蓋《てんがい》付きのベッドのような乗り物を担《かつ》ぎ上げており、その上に、妖《あや》しい笑みを浮かべた少女が腰掛けている。

左右不均等に結われた黒髪。白磁のような肌。そして――まるで時計の文字盤のような文様が浮かんだ左目。

その姿を見て、十香が表情を険しくする。

「時崎王国国王、狂三……ッ！」

「うふふ、ごきげんよう、十香さん」

名を呼ばれた少女・狂三が、笑みを濃くする。

「国王⁉　こいつが⁉」

士道が叫ぶと、狂三はふふんと鼻を鳴らすようにしながら胸を反らしてきた。

「ええ。そちらの殿方とはお初にお目にかかりますわね。時崎《ときさき》王国君主、時崎狂三ですわ。

──侵略しにきて差し上げましたわよ、十香さん」

「戯《ざ》れるな！　一体なんのつもりだ！」

十香が叫ぶ。すると狂三は大層可笑《おか》しそうにくすくすと笑ったのち、言葉を続けた。

「このまま時崎王国の武威を示すのは容易《たやす》いこと。でも、それでは面白くありませんわ。

──いかがでして、十香さん。わたくしと十香さんの一騎打ちで、国の命運を決するというのは」

「なに？」

狂三の提案に、十香は怪訝《けげん》そうな顔を作った。当然だろう。突然現れた侵略者の言葉に警戒しない者などいるはずがない。

しかし十香はすぐに視線を鋭くした。

「望むところだ、おまえなど私が──」

「ちょ、ちょっと待った！」

士道は泡を食って止めにかかった。十香が、驚いたような表情をしてくる。

「な、なんだシドー」

「一旦落ち着くんだ。王様同士の一騎打ちで戦争の決着をつけるだなんて普通あり得ないだろ!? しかも、向こうからそんな提案をしてくるってことは、明らかに勝算があってのことだ。簡単に乗るべきじゃない」

「む……それはそうかもしれんが……」

十香が難しげな顔をしてうなりを上げる。すると狂三は、「あら、あら」とおどけるような調子で笑みを浮かべた。

「どうやら……勘違いされておられるようですわねぇ。これは『相談』ではなく『要求』ですのよ？ こちらとしては、随分と譲歩しているつもりなのですけれど」

「なんだと……？」

「既にわたくしの力で、王都の至るところに我が黒猫騎士団の騎士たちが待機しておりますわ。つまり、わたくしがその気になれば、いつでもこの王都を落とせるということですのよ？」

「な……！」

十香が愕然《がくぜん》とした声を発する。

だが、その言葉は決して大げさではないだろう。確かに十香騎士団の騎士たちは精兵揃《ぞろ》い。しかし、いつどこに現れるかわからない軍団相手では立ち回りようがないだろう。

二人の表情を気分良さそうに眺めたのち、狂三が続けてくる。

「証拠をお見せいたしましょうか？」

狂三がゆっくりと手を掲げ——振り下ろす。

すると、王都に控えていた黒い鎧の一団が急に進軍を開始し、王都の住民たちに襲いかかった。

「な……や、やめろぉぉぉっ！」

十香の叫びも空《むな》しく、黒騎士たちは王都の人々を組み伏せると——

その頭に、猫耳のついたカチューシャを着けていった。

「…………は？」

士道は黒騎士団の謎の行動に、思わず間の抜けた声を発した。が、狂三は満足げに高笑いを上げている。

「きひひ、ひひひひひッ！　どうですの？　あなたの大事な国民を、みんな可愛《かわい》い猫さんにして差し上げますわぁぁっ！」

「く……！　おのれ狂三！　なんという卑劣な真似《まね》を……！」

「ええと……」

よくわからない盛り上がりを見せる二人に、士道は汗を滲《にじ》ませた。

しかし二人はそんな士道を気にする様子もなく、熱っぽく会話を続ける。

「うふふ、よく勘違いされてしまうのですけれど、別にわたくし、戦争が好きというわけではありませんのよ？　だからこそ、このような要求をしているのですわ。もし十香さんがわたくしに勝てたなら、黒猫騎士団は全軍王都から引き揚げると約束しますわ」

「……本当だろうな？」

「ええ。二言はございませんわ」

十香の言葉に、狂三が大仰にうなずく。

「その代わり……もし十香さんが負けた場合は、わたくしの猫さんになっていただきますわよ？」

「何……？」

狂三の言葉に、十香が眉根を寄せる。すると狂三は、手にしていた革紐《かわひも》のようなものを引っ張ると、クッションの後ろに隠れていた小さな人影を士道と十香の面前に晒《さら》した。

『な……っ！』

二人の声が重なる。だがそれも当然だ。何しろクッションの裏から出てきたのは、首輪を付けられた二人の少女だったのである。

一人は妙に上機嫌そうな長身の少女。もう一人は、癖の強い髪に、不機嫌そうな双眸《そうぼう》が特徴的な小柄な少女である。双方頭には猫耳が着けられ、手足には肉球のついたモコモコの手袋と靴を装着させられている。

「にゃーん♪」

「……に、にゃぁ……」

少女たちは首輪を引っ張られると、一人は嬉《うれ》しそうに、一人はものっすごく不満そうな顔でそう鳴いた。

すると狂三が満足げに微笑《ほほえ》み、彼女らの喉《のど》をくすぐるように撫《な》で始める。

「よォーしよしよしよしよしいい子ですにゃあ！　ご褒美《ほうび》に煮干しを差し上げますにゃあ！」

「にゃん！　にゃぁぁん」

「…………」

小柄な少女は差し出された煮干しをくちゃくちゃくちゃと噛《か》みながら、大きなため息を吐《つ》いた。

「……ちょっと、なんか私たちの配役おかしくない？　四糸乃と一緒にメイドとかでよかったんだけど……」

「あらあら？　おかしいですにゃあ。猫さんはそんなこと言いませんわよねぇ……？」

「ひ……っ」

が、狂三にギロリと睨《にら》み付けられ、少女がか細い声で「……に、にゃぁ……」と鳴く。

すると途端、狂三は上機嫌になった。

「そ、その子は……」

「ええ、先月攻め落とした、誘宵《いざよい》王国の美九《みく》王女と、七罪《なつみ》王国の七罪王女ですわ。似合っていますでしょう？」

言って、狂三が笑う。

「にゃーん。煮干しがなくなっちゃいましたにゃん。あっ、あんなところに美味《おい》しそうな煮干しが……」

「ちょっ、まっ……！」

「私は猫さんですからねー！　あくまで狙いは煮干しですからねー！」

「やっ、ちょ、ぎ、ぎゃぁぁぁっ⁉」

狂三の後ろでは、美九が目を爛々《らんらん》と輝かせながら七罪の顔をペロペロと舐《な》めていたが、狂三はさして気にしていなかった。

「わたくしが勝ったら、十香さんにもこの子たちと同じようにわたくしのペットになっていただきますわ。──もし勝負自体を受けられないというのであればご自由に。その場合は、王都を猫まみれにして差し上げるだけですわ」

「く……」

十香は悔しげに唇を噛みしめると、鋭い視線で狂三を睨み付けた。

「いいだろう……勝負だ！　私の前に立ったことを後悔させてやる！」

「うふふ……」

十香の返答に、狂三は凄絶な笑みを浮かべた。

その背後では、顔中べたべたになった七罪がシクシクと泣いていた。

◇

──そして、それからおよそ一時間後。

王都の中央広場には、凄《すさ》まじい数の人が集まっていた。

広場の西側に集まったのは、白銀の鎧《よろい》を着込んだ十香騎士団の面々や、不安そうな表情を覗《のぞ》かせる王都の住民たち。対して東側に陣取ったのは、猫耳のついた鎧を着た黒騎士の一団であった。

皆、広場の中央に設《しつら》えられた舞台の上に視線を注いでいる。

そしてその舞台の上には——戦いの準備を終えた十香と狂三が相対していた。

「……って、二人とも、なんて格好してるんだよ⁉」

舞台のすぐ近くにいた士道は、そこでようやく声を上げた。

しかしそれも当然だ。戦いの準備を終えて皆の前に現れた二人は、頭に猫耳、腰に尻尾《しっぽ》を付け、手足に七罪が着けていたようなモコモコ手袋&靴を装着していたのである。ついでに、身に纏《まと》っていたのはフリフリのエプロンがついたドレスだった。そう。一言で言うならば今の二人は、メイドカフェなどにいそうな猫耳メイド姿だったのである。……ちなみにここは十香王国なのでメイドカフェなどという文化はないのだが、士道の頭の中にはなぜかそんな表現が思い浮かんでいた。

士道の言葉に、十香もまた困惑したような顔をする。

「そう言われても、私にもよくわからん。控え室にこれが置いてあったから着たまでだ」

言って、狂三の方を睨む。すると狂三は慣れた調子でくるりとスカートを翻《ひるがえ》しながら可愛らしいポーズを取ってきた。

「うふふ。よくお似合いですわ十香さん。準備は万端ですわね」

「だから、何なのだこれは。今から戦うのではないのか？」

「戦いますわよ。──時崎王国《トキサキングダム》の国技、『尻尾相撲』で！」

「尻尾……相撲？」

士道が怪訝《けげん》そうに眉根を寄せると、狂三が「ええ」とうなずいてきた。

「ルールは単純明快。互いの尻尾を結びつけ、引っ張り合うだけですの。とはいえ無論、我々は真の猫さんではありませんわ。尻尾はあくまで服に付けられた偽りのもの。──つまり、互いに引っ張り合っていれば、いずれどちらかの服が負荷に耐えかね破けてしまいますわ」

「な……！」

「うふふ、理解していただけたようですわね」

狂三が自分のスカートに付いいたしっぽをくるくる回しながら笑う。

「この勝負──先に服が破れ、裸になってしまった方の負けですわ！」

『…………！』

狂三の宣言に、中央広場に集まった人々がどよめいた。

十香もまさかそんな勝負になるとは思っていなかったのだろう、困惑した様子で頬を染めている。

しかし、王都の国民を人質に取られている以上、ここで退くわけにはいかないと判断し

たのだろう。十香は意を決したように頬を張ると、キッと視線を鋭くした。

「構わん。──勝負だ」

「うふふ。素敵ですわ、十香さん」

狂三は指先で唇をなぞるようにしながら妖《あや》しく笑うと、舞台の中央に向かって歩みを進めていった。それに応ずるように、十香も狂三に向かって歩いていく。

そして二人が至近距離で向かい合ったところで、一人の黒騎士が舞台上に上がり、互いの尻尾を堅く結び合わせた。

「覚悟はよろしいですの？」

「それはこちらの台詞《せりふ》だ！」

十香の返事に、狂三が頬を緩める。すると黒騎士が手を掲げ──それを振り下ろした。

「では──試合開始ですわ！」

狂三によく似た声を響かせ、黒騎士が高らかに宣言する。

次の瞬間、十香と狂三は足に力を込め、それぞれ逆方向に走り出した。

「はぁっ！」

「うふふ──！」

必然、双方尻尾が引っ張られるような格好で、進行が停止する。二人の力によって、着ているメイド服がメリメリと音を立てた。

士道の隣でそれを見ていた騎士団長・耶倶矢と夕弦が難しげな顔で声を上げる。

「く……相手もやりおるな」

「緊張。しかし、要は力比べです。敵に勝ち目は――」

が、次の瞬間、十香の着ていた服の縫製が、少しずつ緩んでいった。

「な……!?」

「きひひひ！　あらァ、この程度ですの、十香さん！」

狂三が哄笑《こうしょう》を上げる。士道は思わず眉をひそめた。

「な、なんで十香の服だけが……!?　服にかかってる負荷は二人とも同じはずだろ!?」

「あ……！」

と、そこで声を上げたのは、近くにいた侍従の四糸乃だった。

「四糸乃、どうかしたか!?」

「と、十香さんの服の縫製が……狂三さんのそれに比べて、粗く作られてます……！」

「なんだって……!?」

士道は叫びを上げ、ほつれかけた十香の服を見た。距離があるためぼんやりとしか見えなかったが、確かに普通のそれに比べて、縫い目が粗すぎる気がした。

「くそ……！」

士道は自分の油断を呪《のろ》った。逆らえない状況だったとはいえ、種目と装束を相手に用意させてしまうなど、愚の骨頂である。狂三は最初から、負けるつもりなどなかったのだ。

「く……！」

十香が苦しげに表情を歪《ゆが》め、破れかけた服をたぐり寄せるようにしながら尻尾を引く力を弱める。

すると狂三がこれ幸いと地面を蹴ると、十香の手に蹴りを見舞った。

「あぐっ！」

「うふふ、隙だらけですわよ、十香さん！」

「く、くそ……！」

十香は手を離して応戦しようとするが――途中でその動きを止めた。手を離してしまっては、狂三に尻尾を引かれて服を剝《は》ぎ取られてしまうと思ったのだろう。狂三が笑みを濃くし、次々と攻撃を放っていく。

「と、十香さん……！」

四糸乃が悲鳴じみた声を上げる。するとその隣にいた大臣・琴里が、難しげな顔で顎に手を当てた。

「……まずいわね。このままじゃ負けるのは時間の問題よ」

「戦慄。何か手はないのですか」

「狂三に服を引っ張られる前に、尻尾を摑《つか》んで狂三の服を引っぺがしてしまうというのはどうだ⁉」

「無茶よ。見たところ、十香のと違って、狂三の服は普通よりも頑丈に縫製されてる。いくら十香でも、そんな一瞬で破り取ることは難しいわ」

「そ、そんな……」

「く……もしもこんなとき、十香の力を一〇〇倍くらいにする魔法のアイテムとかそういう都合のいいものがあれば……！」

琴里が爪を噛《か》むような仕草をしながら、やたらと説明臭い台詞《せりふ》を吐く。

「……？　あ……」

そこで、士道は気づいた。先ほどの十香との会話が、危ないネタに見せかけた伏線になっていたことに。

「もしかして……」

言いながら、士道は懐《ふところ》を探り、懐紙に包まれたきなこパンを取り出した。先ほど、城の裏で十香にもらったものである。

明らかに不審な物体。しかし、他に手は思いつかなかった。懐紙を剥がし、大声を上げる。

「十香ぁぁァッ！　口を開けろぉぉぉぉっ！」

「む……⁉」

士道の声に、十香が目を見開き、素直に口を開ける。

「――とりゃっ！」

士道は大きく振りかぶると、大きく開かれた十香の口目がけて、きなこパンを投擲《とうてき》した。

楕円《だえん》形のパンが空を切り、キラキラときなこの軌跡を描いて十香の口に放り込まれる。

「んぐんぐ……んむっ！」

十香が一口できなこパンを頬張り、咀嚼《そしゃく》する。

すると、次の瞬間。

「う――ま――いぞ――――ッ！」

十香の目がカッと輝いたかと思うと、その全身に、きなこ色のオーラが溢《あふ》れ出した。

「へ……っ⁉」

さすがにこれは予想外だったのだろう。狂三が素っ頓狂な声を上げる。突然のことに驚いたのか、一瞬攻撃の手を止めた。

そして——元気一〇〇倍（自称）となった十香が、その隙を見逃すはずはなかった。

「——破ッ！」

十香は狂三の尻尾をむんずと摑むと、裂帛《れっぱく》の気合いとともにそれを思い切り引っ張った。

狂三の服がメリィ！　と悲鳴を上げ、狂三の身体《からだ》から一瞬にして剝ぎ取られる。

「あぁぁあれぇぇぇぇぇっ⁉」

下着姿になった狂三は高速で回された独楽《こま》のように、あるいは殿様に帯を解かれた腰元のように（双方、十香王国の文化圏には存在しないが）くるくるくるみんと回ると、そのまま目を回してこてんと舞台に倒れ込んだ。

一拍置いたのち、審判の黒騎士が、どこか悔しげに十香の方に手を上げる。

——十香の、勝利である。

『おおおおおおおおおおおおおおおおおおおおおおッ！』

中央広場が、地を震わせる大歓声で埋め尽くされる。

通常状態に戻った十香は、その声に応えるように両手を掲げたのち、士道たちの方へと走り寄ってきた。

「やった！　やったぞシドー！」

「ああ、見てたよ！　やったな！」

「うむ！　シドーのおかげだ！　シドーがきなこパンを投げてくれなかったら、きっと負けてしまっていただろう」

言って、十香が手を差し伸べてくる。

「さあ、上がってくれ、シドー。皆に、この国を救った英雄を紹介したい」

「え？」

士道は一瞬目を丸くしたが……耶倶矢や夕弦、四糸乃、琴里たちの視線に後押しされ、十香の手を取って舞台の上へと上がった。

「皆！　天宮王国の使者・シドーによって、我が国は未曽有《みぞう》の危機を脱した！　十香王国国王十香はここに！　天宮王国との恒久的な友好を宣言する！」

『おおおおおおおおおおおおおおおおおおおおおおおおおおおおおおおおおおおおおおおッ！』

先ほどよりも大きな歓声が、広場を埋め尽くす。

士道は少し照れくさくなって、苦笑しながら頰をかいた。

そしてひとしきり皆の拍手と歓声に応えたのち、十香が再び士道の方を見てくる。

「さあ、では行こう、シドー、今日は宴《うたげ》だ！　贅《ぜい》を尽くした馳走《ちそう》を用意しよう！」

「ああ、そりゃ楽しみだ」

士道は笑顔でそれに応じると、十香の背を追って舞台を降りようとした。

が、そのとき。

「ん……？」

士道は足の下に生まれた妙な感触に首を捻《ひね》った。

どうやら、何かを踏んでしまったらしい。士道は視線を下方にやり――

「……あ」

自分が踏んでしまったのが、十香の服に付いていた尻尾であることに気づいて、顔を青くした。

「な――!?」

十香の声に弾《はじ》かれるようにして顔を上げる。

そこには、綺麗《きれい》に服を剝ぎ取られ、下着姿になってしまった十香の姿があった。

もとより狂三との戦いで、破れる寸前だった服である。士道の偶然の一撃が、とどめになってしまったらしい。

「な……何をするのだ、シドー！」

「ちょっと待ってくれ！　わざとじゃ――」

士道は涙目の十香に顎を殴られ、その場で昏倒《こんとう》した。

DATE A LIVE MATERIAL 2

デート・ア・ノベル

DATE A NOVEL

或守クエスト

Quest ARUSU

TE A NOV

「おきなさい。おきなさい、わたしのかわいい士道《しどう》や」

「ん……う……」

とある日の朝。身体《からだ》をゆさゆさと揺すられる感触と、鼓膜を震わせる或守鞠亜《あるすまりあ》の声に、士道は目を覚ました。

「鞠亜……？」

「はい」

士道が目を擦《こす》りながら身を起こし、名を呼ぶと、鞠亜は小さく頷《うなず》きながら返してきた。

美しいアッシュブロンドに、碧《あお》い双眸《そうぼう》が特徴的な少女である。詳しい年齢は知らなかったが、小柄かつ華奢《きゃしゃ》な体躯《たいく》のためか、士道よりも年下に見えた。

と。

「……ん？」

士道はベッドの傍《かたわ》らに立った鞠亜を見ると、もう一度目を擦った。

理由は単純。なぜか彼女が、濃色のローブに古びた杖《つえ》という、まるでファンタジーゲームに出てくる魔法使いのような格好をしていたからだ。

「……なんだその格好」

「魔法使いです」

鞠亜が平然と言ってくる。見たままだった。

「いや、それは見ればわかるんだが、なんで……」

言いかけて、士道は言葉を止めた。

よく見てみると、鞠亜の格好だけではなく、見慣れた自分の部屋の内装までもが、何やら古めかしい西洋建築のそれに変貌《へんぼう》していたのである。

「…………」

もしかしてまだ夢を見ているのだろうか。士道はもう一度目を強く擦った。だが、部屋の内装が見慣れた五河《いつか》家のそれに戻ることはなかった。

「こりゃあ、一体……」

「五河士道、早く着替えてください」

と、士道が困惑していると、鞠亜が士道の着替えを差し出してきた。

だが、鞠亜の手の上にあったのは、士道が日頃着ているような私服や制服ではなく、見るからにファンタジックなライトメイルとマントだった。ついでに壁際《かべぎわ》には鞘《さや》に収められた両刃の剣が立てかけられている。……なんというかもう、どう見てもＲＰＧの勇者様の装備だった。

「……どういうことだよ、これ」

士道が言うと、鞠亜は不思議そうに首を傾《かし》げた。

「昨晩お伝えしたはずですが」

「昨日……？」

士道は鞠亜の言葉に眉をひそめて記憶を探り――「あ」と目を見開いた。


「――五河士道、わかりました。愛とは、極限状態の中でこそ生まれるものではないでしょうか」

昨晩。五河家のリビングにやってきた鞠亜が、不意にそんなことを呟《つぶや》いた。

「いや、急にどうしたんだよ、鞠亜」

「実は今日一日、夜刀神十香《やとがみとおか》たちに話を聞いていました。――五河士道との、出会いについて」

「出会い？」

「はい。愛とは何かを知るためには、その起点、つまり愛という概念を生じさせる二人が出会ったときのことを知らねばならないと考えました」

鞠亜がまっすぐ士道の目を見ながら言ってくる。

——『愛とは何か』。

それは、鞠亜が士道の前に現れたときから問い続けている問題であり——今士道たちがおかれている状況を打ち破るであろう鍵とも言える命題だった。

士道はふうむと唸《うな》りながら、視線だけでぐるりと辺りを見回した。

見慣れた壁、床、天井。まごうことなき、五河家のリビングである。

だが、ここは五河家であって五河家ではない。

そう。ここは——〈ラタトスク〉が作った仮想空間の中なのである。

数日前。士道は精霊攻略の訓練のために、とあるゲームの中に入り込んだ。しかしそこで想定外のバグが生じ、現実世界に戻ることができなくなってしまったのだ。

そのバグと思われるのが、今士道の目の前にいる少女・或守鞠亜であり、その彼女が口癖のように繰り返しているのが、先ほどの『愛とは何か』という問いなのである。

その問いに答えを出すことが、閉塞した現状を打ち破ることに繋《つな》がるのではないかと考え、士道や、士道と同じように現実世界からゲームの世界に導かれた十香たちは、鞠亜とともに日々を過ごしているのだが……今のところ、成果らしい成果はあがっていなかった。

「にしても、出会い……か。確かにそれは重要かもしれないけど、それで何がわかったんだ？」

「五河士道と皆さんの出会い方は様々でしたが、そこには一つの傾向があることがわかりました」

「傾向？」

「はい。その大半が、戦いや危機的状況の中だったのです」

「……あー……」

士道は眉根を寄せながら頬をかいた。……そういえば、そんな気がする。

とはいえ、それも当然といえば当然である。

何年も前から一緒に暮らしている妹の琴里《ことり》は別としても、ゲームの中に導かれた他の少女たちは皆、精霊やＡＳＴ隊員だ。そのファーストコンタクトが荒っぽいものになってしまうのは必然といえた。

「で、そこから導き出されたのが……」

「そう。愛の始まりは、いつも極限状態ということです」

鞠亜が胸を張りながら言ってくる。表情にあまり変化は見られないのだが、なぜだろうか、どこか誇らしげというか、自信に溢《あふ》れているような感じがした。

「……いやー、それはどうなんだろうなあ」

士道が頬をかきながら答えると、鞠亜は不思議そうに首を傾げた。

「違うのですか？」

「う｜ん、だって、俺と十香たちの出会いって、世間一般から見たらレアケースだしなあ。普通のカップルとかはそんな物騒な出会いをしてるわけじゃないと思うぞ？」

「そんなことはありません。吊り橋《つばし》効果という言葉もあります。心躍るスペクタクルな冒険の中でこそ、愛は生まれやすいのではないでしょうか」

「いやまあ、そりゃそうかもしれないけど……っていうか、もしその仮説が正しかったとして、一体どうするんだよ」

士道は辺りを見回すようにしながら言った。

士道たちがいるのは仮想空間であるのだが、そのモデルは実在の天宮市《てんぐうし》であり、そこに暮らす人々も、ＡＩで制御された、いわゆるノンプレイヤーキャラクターである。

新たに精霊が出現するわけでもなければ、ＡＳＴやＤＥＭがいるわけでもない。実際のそれから脅威を除いた世界なのだ。そんな場所では、鞠亜の言うスペクタクルな状況など望みようがなかった。

しかし。鞠亜は自信ありげに頷いた。

「心配ありません。既に方法は考えてあります」

「方法って……一体何するつもりだよ」

士道が額に汗を滲《にじ》ませながら言うと、鞠亜はスカートを翻《ひるがえ》しながらくるりと士道に背を向けた。

「それは明日になってからのお楽しみです。──お休みなさい、五河士道。よい夢を」

言って、すたすたと歩いていってしまう。

「あ、ちょっと……！」

士道が声をかけるも、鞠亜は止まらなかった。最後にペコリとお辞儀を残し、五河家から出て行ってしまう。

「…………」

鞠亜が何をするつもりなのかはわからなかったが、考えてどうなる話でもない。士道はぽりぽりと頭をかくと、自分の部屋へと上がっていった。

「……って、これがそのスペクタクルな状況かよ」

そういえばそんなことを言っていた気がする。士道は額に汗を滲ませながら頬をぴくつかせた。

「はい。──というわけで、勇者五河士道。仲間とともに魔王を倒しに行きましょう」

「………………」

あまりに唐突な鞠亜の提案に、額に手を置く。

そう。鞠亜はこのゲームの中の世界を、自分の思うように組み替えることができるのである。実際、士道や精霊たちも何度かそれに巻き込まれ、実際のそれとは異なる関係性や性格に再設定されてしまうことがあった。

どうやら今回はその力を世界全体に向け、天宮市を再現していた仮想空間を、丸ごとファンタジーRPGのような世界観に変貌させてしまったらしい。

「冒険といえばファンタジーが定番と記録されています。危機的状況の演出に加え、協力して困難に立ち向かい、一つのことを成し遂げる達成感。これこそ愛の本質を知るための方法だと予測しました」

グッと拳《こぶし》を握り、鞠亜が主張してくる。

「そういうもんなのかね……」

……いろいろと思うところがないではなかったが、どちらにしろ、元の世界に戻るためには鞠亜の問いに答えなくてはならない。士道は観念するように両手を上げた。

「わかったよ、付き合ってやる。……で、魔王を倒すっていうのは具体的にはどうすればいいんだ？」

士道が言うと、鞠亜は満足げに首肯した。

「はい。まずは共に旅をする仲間を集めていただきます。苦楽を共にし、絆《きずな》を深める大切な少女たちです。道中、遠慮なく愛を育んでください」

「……なんか正面切ってそう言われると抵抗があるなあ……」

士道は苦笑しながら頭をかいた。が、鞠亜はさして気にする様子もなく、ライトメイルとマントをベッドの上に落ち着けた。

「とにかく、早く着替えてください。外で待っています」

そう言って、部屋を出て行ってしまう。

一人部屋に残された士道は、大きくため息を吐《つ》いてから、鞠亜の置いていった着替えを装着していった。

「……あー」

そして完成した勇者様スタイルを見下ろしながら、低い声を発する。……なんだろうか、デザイン自体は格好いいはずなのだが、妙な気恥ずかしさがあった。

まあ、こうしていても始まらない。士道は壁に立てかけられていた剣を手に取ると、鞠亜の後を追って家を出た。

「……！　うおお……」

　と、扉を開けた瞬間、士道は目を見開いた。

　しかしそれも無理からぬことである。何しろ、士道の家だけではなく、見渡す限りの景色が、異世界風な街並みに変貌《へんぼう》しているのだ。石造りの路地に、家々。道行く人々も、中世ヨーロッパ風の装《よそお》いをしている。時折行き交うのは、自動車ではなく馬車だった。

「すごいな、こりゃ……」

　ここまで徹底されていると感動してしまう。士道は目を丸くしながら右に左に視線を巡らせた。

「きましたね、五河士道」

　と、そこで、五河家の前で待っていたと思《おぼ》しき鞠亜から声がかけられる。先ほどは奇異に見えた彼女の格好も、この街並みの中で見ると不思議と違和感なく受け入れられる気がした。

「では、早速仲間を集めに行きましょう」

「ああ……で、仲間ってのはどうやって集めればいいんだ？」

「あちらを」

　言って、鞠亜が五河家の隣の建物を指さす。

もともとは精霊たちが住まうマンションが建っていた場所に、二階建てくらいの広い建物があることがわかる。外壁に沿って大きな樽《たる》が並び、入り口には酒瓶を模したと思しき金属製の看板が下がっていた。

「酒場……？」

「はい。冒険者は酒場に集まるものなのです」

「うーん、まあ、そういうもんなのかな……」

俺たち未成年なんだが、という言葉が出かけたが、この世界観でそんなことを言うのは野暮というものだろう。士道は大人しく、鞠亜に連れられて酒場に入っていった。

まだ昼間だというのに、酒場の中にはたくさんの人々が見受けられた。街を歩いていた村人たちとは異なり、鎧《よろい》や法衣《ほうい》を纏《まと》った、如何《いか》にも冒険者然とした人々が目に付く。

「では、早速店主に冒険者を紹介してもらいましょう」

「あ、ああ」

士道は鞠亜に促されるままに店の奥に進むと、年季の入ったバーカウンターの前までやってきた。

すると、そこにいた眠たげな顔をした女性が、士道と鞠亜の方に視線を向けてくる。

「……やあ、いらっしゃい。ここは初めてかな？」

「れ、令音《れいね》さん⁉」

士道は思わず声を上げた。何しろそこにいたのは、〈ラタトスク〉解析官兼士道のクラスの副担任、村雨《むらさめ》令音その人であったのだから。

しかも、やたらと胸元が開いた服を着ているものだから、彼女の豊満なバストが嫌でも目に付いてしまう。士道は頰を赤くしながら視線を逸《そ》らした。

とはいえ無論、本物の令音がこんなところにいるはずはない。きっと他の人々と同じく、AIによって再現されたNPCだろう。

「ま、鞠亜、これは……？」

「レイーネの酒場の女主人です。冒険の仲間を斡旋《あっせん》してくれます。ご挨拶《あいさつ》を」

「あ、ああ……どうも、よろしくお願いします」

「……ん、よろしく頼むよ」

士道が頭を下げると、令音はゆらゆらとした動作で手を振ってきた。

「早速ですが、店主。冒険者を紹介してください」

「……ああ、希望の職業はあるかい？」

「ありますか？」

令音の言葉に合わせるように、鞠亜が士道の方を向いてくる。

「え？　そうだな……勇者、魔法使いがいるなら、あとは回復ができる僧侶とか、戦闘に役立つ戦士とかが定石じゃないか？」

「なるほど、ではまず僧侶と戦士を。あとは店主のおすすめでお願いします」

「……ん、了解した。では──」

令音がパンパンと手を叩《たた》くと、それに応ずるように、カウンターの奥の方から、長い夜色の髪に、水晶の瞳を備えた美しい少女が姿を現した。

「！　十香！」

「おお、シドー、或守！」

士道が名を呼ぶと、十香がパァッと顔を明るくした。

「十香、おまえ、その格好は……」

士道は十香の装いを指さしながら眉根を寄せた。十香は今、ゆったりとした法衣を纏い、手に綺麗《きれい》な宝石のついた錫杖《しゃくじょう》を持っていたのである。

「うむ！　私は僧侶という者らしいぞ！」

言って、えっへんと胸を反らしてみせる。

しかし、自信満々の十香に反して、士道は額に汗を滲ませた。

「十香が僧侶……なのか？」

なんだろうか、別に他意はないのだが、十香はもっとこう、前線に立って剣をブンブン振り回すようなイメージだったのだ。

「ぬ？　何か問題があったか？」

「いや、そういうわけじゃないんだが……僧侶ってことは、回復魔法とか使えるのか？」

「うむ、当然だ！　僧侶だからな！」

「え、本当か？」

「……信じられないかい？」

士道が意外そうに言うと、令音があごを手で撫《な》でながら声を発してきた。

「うーん……疑うわけじゃないんですけど、あんまりイメージが湧《わ》かないというか……」

「……なら、実際に見てもらう他ないな。——或守」

「はい」

鞠亜は令音の言葉に頷《うなず》くと、急に姿勢を低くし、手にしていた杖《つえ》で士道のすねを思い切り叩いてきた。

「あたッ!?」

突然の衝撃に、すねを押さえながらその場に蹲《うずくま》る。

「い、いきなり何するんだよ……！」

「今です、夜刀神十香」

「おお！　任せろ！」

十香が力強く首肯すると、腕まくりをしながら膝を折り、優しく士道の手を取ってきた。

「十香……？」

「安心しろシドー。今痛みを和らげてやるからな」

そう言うと、士道の手に触れたままふっと目を伏せる。その様は、本当に神に祈りを捧《ささ》げる僧侶のように見えた。

「ま、まさか、本当に……？」

「とうっ」

と、士道が呟《つぶや》きかけたところで、十香が士道の中指を、手の甲につかんばかりに思い切り反り返らせた。

「あぎゃッ⁉」

突然の激痛に跳び上がる。その様を見てか、十香が驚いたように目を丸くした。

「ど、どうしたのだシドー！」

「どうしたじゃなくて！　何するんだよ⁉」

「む……？　どこかを痛めたときは、別のところをつねると痛みが紛れると令音に聞いたので、応用してみたのだが……」

「いやそれじゃ指の方が痛《いて》えだろ⁉」

「……はッ！」

十香が、愕然《がくぜん》とした様子で目を見開く。どうやら、今気づいたらしい。

「す、すまぬシドー、痛かったか」

「や……大丈夫だよ。……まあ、確かにすねの方の痛みは紛れたし」

「そ、そうか……」

士道が言うと、十香はホッとしたように表情を緩めた。……本当はまだすねも指も両方痛かったのだが、そこは言わぬが花である。

「……それで、令音さん。戦士っていうのは？」

「……ん」

士道が涙を堪《こら》えながら顔を向けると、再度令音が手を鳴らした。

すると今度はカウンターの奥から、何やらざりざりと重いものを引きずるような音が響いてくる。

そしてしばらくしたあと、全身に厳《いか》つい鎧を纏い、重たげに巨大な剣を引きずった紫紺の髪の少女が現れた。――国民的アイドルの誘宵《いざよい》美九《みく》である。

「はぁ……っ、はぁ……っ、どうもー……ご指名……ありがとう、ございますー。並み居る敵を……バッタバッタと、薙《な》ぎ倒す……火力抜群重戦士……あなたのパーティの誘宵美九です、よぉ……」

「み、美九……？　もしかしておまえが戦士なのか？」

「あ、だーりん……よろしくお願いしますー……」

美九は息絶え絶えといった調子でそう言うと、その場にぺたんと座り込んでしまった。どうやら鎧を着込んで剣を運ぶだけで体力を使い切ってしまったらしい。……なんだろうか、どう考えてもミスキャストな気がした。

「……なあ、鞠亜。十香と美九の配役、逆の方がよかったんじゃないか？」

士道が声をひそめて問うと、鞠亜は小さく首を振った。

「問題ありません。むしろ困難が多い方が、それを乗り越えたときの喜びは大きくなるのです」

「でもなあ……」

「それより、次の冒険者がきますよ」

鞠亜の言葉と同時、令音がみたび手を鳴らした。

が……それから数十秒経《た》っても、カウンターの奥からは誰も現れない。

「あれ……？」

「……ちょっと待っていてくれ」

士道が首を傾げると、令音が店の奥へと歩いていき……数秒後、顔を真っ赤にした少女の手を引きながら戻ってきた。

左手にウサギのパペットを装着した、小柄な女の子である、今はその全身を、大きなマントですっぽりと覆い隠していた。

「四糸乃《よしの》……？」

「……っ！　し、士道……さ……っ」

士道が名を呼ぶと、四糸乃は顔をさらに赤くしてしまった。

「ど、どうしたんだ、一体」

『あー、それはねー』

と、パペットの『よしのん』が士道の問いに答えるように声を発したかと思うと、四糸乃の身体《からだ》を覆い隠したマントの端を摘《つま》み、一気に取り払った。

「きゃ……！」

「な……！」

マントに隠れていた四糸乃の装《よそお》いが、外気に晒《さら》される。それを見て士道は思わず目を見開いた。

何しろ今四糸乃が纏《まと》っていたのは、水着と同程度の面積しかない、扇情的な踊り子の服だったのである。

『四糸乃ったら、せっかくの踊り子なのに装備を恥ずかしがっちゃってさー』

「よ、よしのん……！」

四糸乃が泣きそうな顔で叫びを発し、再びマントを拾い上げて身体を覆い隠し、そのまま美九のとなりにへたり込んでしまう。

「だ、大丈夫か、四糸乃……」

「う、ううう……」

四糸乃が恥ずかしそうに顔を俯《うつむ》ける。これまたひどいミスキャストだった。

「これで三人目ですね。では、次を」

だが鞠亜は気にするふうもなく、令音に次の冒険者を促した。

「……ああ」

令音がパンパンと手を鳴らす。すると今度は、四糸乃のときとは対照的に、凄《すさ》まじい速さで影が飛び出してきたかと思うと、士道の懐《ふところ》に入り込んできた。そして次の瞬間、喉《のど》元《もと》にピタリと冷たいものが押し当てられる。

「な……！」

「ふふん、隙だらけよ、勇者サマ？」

士道が息を詰まらせると、黒い装束に身を包んだ勝ち気そうな少女が、ニッと唇の端を上げてきた。──士道の妹、琴里である。

するとそれに合わせるように、腕組みした令音が言葉を発してくる。

「……我が酒場のおすすめ冒険者、アサシンの琴里だ。君の力強い味方になってくれることだろう」

「あ、アサシン？」

「……そう。暗殺者のことさ」

「お、おお……」

ようやく役に立ちそうな仲間が出てきた。思わず感嘆の声を上げる。

「……無論、スキルは殺しだけではない。隠密《おんみつ》行動や斥候《せっこう》もこなしてくれるよ」

「すごいじゃないですか！」

「……そしてひとたび戦闘となれば、目にも留まらぬスピードで」

「うんうん」

「……相手の口に毒入りの飴《あめ》を放り込む」

「そこまできて服毒⁉」

士道はたまらず声を上げると、一歩後ずさって琴里の方に目を向けた。よく見ると、士道の喉元に突きつけられていたのは、ナイフの類《たぐい》ではなく棒付きのキャンディだった。

「何よ、文句あるの？」

琴里が飴を口に放り込み、憮然《ぶぜん》とした調子で言ってくる。士道はぽりぽりと頰をかいた。

「いや、せっかくそんなスキルが揃《そろ》ってるんだから、もっと有効な攻撃手段があるんじゃないか？」

「うるさいわね。ポリシーってやつよ」

琴里がキャンディの棒をピンと立てながら鼻を鳴らす。そこで、士道はあることに気づいた。

「――って、琴里。おまえ、その飴舐《な》めて大丈夫なのか？」

「え？」

士道が言った瞬間、琴里は顔を青紫色に染め、口から泡を吹いて仰向けに倒れ込んだ。

「あばばばばば」

「こ、琴里っ！」

「……いけない。十香、解毒《げどく》魔法だ」

「うむ、任せろ！」

十香が令音の言葉に頷《うなず》いたかと思うと、腕をブンブンと振り、ゴッ！　と琴里の鳩尾《みぞおち》目がけてパンチを放った。

「げふっ！」

琴里が苦悶《くもん》を発し、同時、唾液《だえき》に混じってわかりやすい紫色の液体が口から吐き出される。どうやらそれが飴に仕込まれた毒だったらしい。徐々に琴里の顔色がよくなっていく。

「ふう……これで一安心だぞ」

「物理技ッ⁉」

仕事をやり終えた調子で腰に手を当てる十香に、士道は思わず叫びを上げた。

「……琴里はうっかりさんでね。たまにやってしまうんだ」

「飴に毒を仕込むのやめりゃいいんじゃないですか⁉」

「……さて、次の冒険者だが」

「話を聞いてくださぁぁぁいっ！」

叫ぶも、令音は取り合ってくれなかった。士道は大きなため息を吐《つ》いた。……もう、少しでも戦力になりそうな冒険者が現れてくれることを祈るばかりである。

「……それで、次は誰なんですか？」

商人ですか?」

「耶倶矢《かぐや》と夕弦《ゆづる》ですか……でも、どうせ二人に合わない職業なんでしょう?……学者とか

「……ああ、八舞《やまい》姉妹だ」

「……何を言っているんだい。彼女たちは空中戦のスペシャリスト、竜騎士だよ」

「えっ」

意外な答えに、士道は目を丸くした。

竜騎士とは、その名の通り竜を駆る騎士のことである。抜群の機動力と攻撃力を誇り、戦闘でも大活躍すること間違いなしだ。しかも八舞姉妹はもともと風を操る精霊。適性もバッチリだった。

「本当ですか! そりゃ頼もしい」

「……ああ、期待してくれていい。——耶倶矢、夕弦」

言って令音が手を叩《たた》く。するとカウンターの奥から、ぬっと大きな影が現れた。

「おお……!」

まず目に付いたのは夕弦だった。精緻な細工の施された細身の鎧《よろい》に身を包み、手に槍《やり》を握っている。その姿は凛々《りり》しく、一目見ただけで強力な戦力となるであろうことが窺《うかが》えた。

——だが。

「…………」

その夕弦が跨《また》っている『竜』の姿を見て、士道は言葉を失った。

それはそうだ。何しろ夕弦が乗っていたのは、竜の着ぐるみを着て四つん這《ば》いになった、夕弦と瓜二《うりふた》つの顔をした少女だったのだから。

「……………あの、令音さん。あれは」

「……紹介しよう。竜騎士夕弦と、竜の耶倶矢だ」

「会釈《えしゃく》。よろしくお願いします、勇者士道」

「もぉぉぉぉぉぉぉぉッ！」

夕弦が言うと同時、竜がもう我慢ならないといった調子で立ち上がり、夕弦を後方へと吹き飛ばした。が、そこは竜騎士である。夕弦は軽やかに身を捻《ひね》ると、綺麗《きれい》に床に着地してみせる。

「なんで私が竜で夕弦が竜騎士なのよ！　どー考えてもおかしいでしょうがッ！」

「疑問。どこがおかしいのか理解できません。耶倶矢はかわいい夕弦のペットです」

「何を……ッ！」

「愛撫《あいぶ》。よーしよしよし」

夕弦がいきり立った耶倶矢を宥《なだ》めるように、首元を撫《な》でる。すると耶倶矢は「うぐぅ……」と唸《うな》りながら、腹を見せてころんと寝転がった。

だがすぐに我に返ったように目を見開き、夕弦に摑《つか》みかかる。

「は……っ！　な、何してくれてんじゃこらー！」

「継続。どーうどうどう」

「う、うにゅう……」

耶倶矢がまたも転がる。……なんだか楽しそうだった。

士道はじゃれ合う二人から視線を外すと、再度令音に視線を向けた。

「……で、あとは誰がいるんですか？」

さすがにこの面子《メンツ》で魔王に挑もうとは思えない。せめて戦闘がまともに行える仲間がいることを願うしかなかった。

「……ん、では次だ」

令音が手を叩くと、またもカウンターの奥から人影が現れた。

だが、何か今までと様子が違う。その人影が現れると同時、地面が微《かす》かに震え、雷鳴が轟《とどろ》くかのような音が響き始めたのである。

「な、なんだ……？」

ゴゴゴゴ……と凄まじいプレッシャーを放ちながら、一人の少女が士道の前に進み出てくる。肩口をくすぐるくらいの髪。人形のような面。――士道のクラスメート、鳶一折紙《とびいちおりがみ》である。

　しかし折紙はなぜかその身に闇のような漆黒の衣を纏っており、ついでに頭には角が生えていた。一目見ただけでは、その職業は窺い知れない。

「折紙？　おまえ、その格好は……」

「魔王」

「ラスボスッ⁉」

　折紙が事も無げに答えてくる。士道はたまらず大声を発した。

「いやおかしいだろ！　なんで魔王が酒場にいるんだよ！　魔王倒すのが冒険の目的だったんだよな⁉」

「……落ち着きたまえ」

　士道が狼狽《ろうばい》していると、令音が宥めるように言ってきた。

「……彼女は魔王と言っても、君たちが打倒すべき敵とは違う存在だ。ほら、よくあるだろう。最初敵だと思っていた魔王と戦っていたら本当の敵が現れて共闘関係になったりだとか、何人か魔王クラスの敵がいる世界観で、一人が仲間になったりだとか」

「そ、そんなメタなこと言っていいんですか……？」

「問題ない。勇者士道の勝利のために」

折紙がこくりと頷き、士道の手をはしっと握ってくる。

すると、それを見ていた十香が、横から大声を上げた。

「あっ！　こら貴様！　シドーに触るなっ！」

「邪魔をしないで。勇者と魔王という関係に、僧侶風情《ふぜい》が入り込む余地はない」

「何を言う！　勇者と魔王こそ敵同士ではないかっ！」

「あなたは何もわかっていない。昨日の敵は今日の恋人。かつて反目しあった者同士だからこそ生まれる愛もある。それ以前にあなたは僧侶。神に仕えることを誓った者。つまり生涯伴侶を得ることはできない。口を出さないでほしい」

「な……っ！」

折紙が言うと、十香が愕然《がくぜん》とした顔を作った。……なんだか僧侶とシスターの認識が混じっている気もしたが……折紙のことだ。わかって言っているのだろう。

しかし、十香はすぐに気を取り直すようにブンブンと首を振ってくる。

「か、関係ない！　それならばシドーが神になればいいではないか！」

「……！」

十香の言葉に、折紙が珍しくハッと肩を揺らす。

「あなたの口からそんな言葉が聞けるとは思わなかった。確かに士道は神に相応《ふさわ》しい存在。一理ある」

「そうだろう！　シドーが神になれば私も――」

「しかし、やはりあなたの出る幕はない」

「な、なんだと!?　どういうことだ！」

「あなたはあくまで神に仕える者。下位存在。それに対し私は神と対なる者。神となった士道を蝕《むしば》み侵食する。そんな真似《まね》ができる存在はもう、悪魔とでも呼ぶしかないんじゃないかしら」

「なんだかよくわからんがその台詞《せりふ》はまずい気がするぞッ！」

十香と折紙がいつものように口喧嘩《くちげんか》を始める。士道はその隙に二人の間から抜け出すと、ため息混じりにカウンターに向かった。

「……で、これで全員ですか？」

「……いや、あと一人だけいる」

言って、令音がまたも手を叩く。

すると今度は、村娘のような服を纏《まと》った少女が一人、カウンターの奥から進み出てきた。一見しただけでは、戦闘向きの職業には見えない。

しかし、その服を纏っている者の顔を見て、士道はその印象を一変させた。左右不均等に結われた黒髪。色違いの双眸《そうぼう》。左眼《ひだりめ》には、時計の文字盤が刻まれている。

少女がにっこりと微笑《ほほえ》み、スカートの裾を摘《つま》んで会釈してみせる。

「ごきげんよう。時崎狂三《ときさきくるみ》、職業は村人ですわ」

「嘘《うそ》だッ‼」

少女——狂三の口から職業名を聞くなり、士道は大声を上げていた。

「あらあら、どうしましたの、勇者様。どこからどう見ても村人ではありませんの」

「格好だけはな！　いくらなんでも無理があるだろそれは！」

「そんなことありませんわよ。人畜無害な可愛《かわい》らしい村娘らしく、魔族を根絶やしにして差し上げますわ」

「ほらやっぱり！　魔王が！　パーティに二人目の魔王が！」

士道が叫ぶも、もうどうしようもなかった。

かくして、魔王討伐を目指す勇者のパーティが編成された。
・勇者（強制的）。
・魔法使い（黒幕）。

・僧侶（物理）。
・戦士（非力）。
・踊り子（恥ずかしがり屋）。
・アサシン（うっかりさん）。
・竜騎士&竜（着ぐるみ）。
・魔王（なぜかいる）。
・村人（嘘だ）。
計一〇名の冒険が、今、始まる！

◇

「……で、魔王ってのはどこにいるんだよ」

　仲間を引き連れ街を出た士道は、左隣を歩く鞠亜に話しかけた。

　ちなみに今士道の周りにいるのは、鞠亜、十香、美九の三人のみである。他の面子は、全員、ギルドが用意してくれた馬車の中に詰め込まれていた。

　馬車を引く馬は美しい白馬で、幌《ほろ》には大きく『ふらくしなす』と書かれている。……なんとも芸の細かいことである。

なんでも、道中外を歩けるのは勇者を含めて四人までとのことで、あとのメンバーは馬車の中で待機していなければならないという話だった。理由は単純なもので、あまりに人数が多すぎると、愛を育むイベントが大量発生して収拾がつかなくなる恐れがあるかららしい。

皆は不満顔であったが、ゲームの中では鞠亜には逆らえない。仕方なくジャンケンをし、交替制でパーティに加わることになったのである。

「はい」

士道の問いに答えるように、鞠亜が頷《うなず》いてくる。

「魔王の居城は北の大陸の中央に位置します」

「北の大陸?」

「はい。この世界には大きく分けて四つの大陸があり、ここは東の大陸です。まずは南、西の大陸を巡り、飛空艇を手に入れましょう」

「いやいや、そんな距離移動すんのかよ。いったいどれだけ時間かかるんだ?」

「心配いりません。大陸といっても、ゲーム画面を基準にしていますので、そこまで大きくありません」

「……だから、メタ発言はやめとけって」

士道が苦笑すると、右隣から十香が弾んだ声を響かせてきた。

「しかしシドー、冒険というのは楽しいものだな！　なんというかこう、ワクワクするぞ！」

言って、興奮した様子で笑顔を向けてくる。

「おいおい……一応目的は忘れるなよ？　俺たちは魔王を倒しに行くんだからな？」

「う、ふふ……まあ……いいじゃ、ありま、せんかぁ……冒険を、楽しむのは……いいことです、よぉ……はぁ……はぁ……」

肩をすくめながら言うと、後方を歩く美九が返してくる。……あまりに重そうだったので鎧《よろい》はもっと軽装のものに替えさせたのだが、どうやら背負った大剣だけでも相当の重量があるらしい。まだ大して進んでいないというのに、もう息絶え絶えといった様子だった。

とはいえ、十香や美九の言うこともわからなくはない。士道はぐるりと首を回し、辺りの景色を見回した。

つい数十分前に出発したばかりだというのに、周囲の様子は驚くほど様変わりしている。広い草原。生い茂る木々。士道たちの目の前には、普段都市圏で生活しているときには滅多に見られないような自然が広がっていたのである。

「まあ……確かに、凄《すご》い景色ではあるよな。これも鞠亜の仕業なのか？」

　士道が言うと、鞠亜はしれっとした様子で首を横に振ってきた。

「五河《いつか》士道が何を言っているのかわかりません。この世界はもともとこういうものです。さあ、この素晴らしい景色を守るためにも魔王を倒しましょう」

「……はいはい」

　どうやらそういうことになっているらしい。士道はため息混じりにそう言って、先を目指した。

　と、そのとき。前方の草むらがガサガサと揺れたかと思うと、そこから何やらゲル状のものが数体飛び出してきた。

「！　な、なんだ⁉」

「――スライムですね」

　士道が身構えると、隣から鞠亜の冷静な声が聞こえた。

　確かに鞠亜の言うとおり、士道たちの目の前に飛び出してきたのは、ＲＰＧの敵でお馴《な》染《じ》みの、アメーバのような生物だった。半透明の身体《からだ》をうねうねと蠢《うごめ》かせ、こちらの様子を窺《うかが》っている。

「みんな、気をつけろ！　くるぞ！」

　剣を抜きながら士道が叫ぶ。すると十香と美九、鞠亜はそれに反応するように構えを取った。だが、美九が背から剣を引き抜こうとした瞬間、バランスを崩して前方に転げてしまう。

「っとと……あたっ！」

「美九、危ない！」

思わず叫びを発する。当然だ。なぜなら前方につんのめった美九は、居並んだスライムの真ん前にダイブしてしまっていたのである。

「く――」

瞬間、十香が地を蹴り、美九に駆け寄った。だが……遅い。スライムはその身体をぶわっと広げると、勢いよく十香と美九に襲いかかった。

「ぐ……このっ！」

「きゃ、きゃぁあぁあぁあぁあっ⁉」

「十香！　美九ッ！」

十香と美九の身体に、スライムが覆い被《かぶ》さる。だが。

「む……？」

「あーん、べとべとですー……」

言って、十香が訝《いぶか》しげに首を傾《かし》げ、美九が眉を八の字にする。……なんだか、思ったよりダメージは負っていないようだった。

「……ええと、大丈夫なのか、二人とも」

「う、うむ。少し気持ち悪いが、何ともないぞ」

「はいー、別にどこも痛くはないですー」

あっけらかんとした様子で十香と美九が返してくる。士道が眉根を寄せていると、鞠亜が説明をするように歩み出てきた。

「スライムは冒険の序盤に出てくるモンスターですからね。そこまで攻撃力はありません」

「な、なんだ……驚かすなよ」

「ただ」

「ただ？」

鞠亜の言葉に首を傾げる。するとその瞬間、前方から十香と美九の悲鳴が響いてきた。

「な、なんだこれはっ⁉」

「きゃぁあああ！　きゃぁあああああッ！」

「ど、どうした二人と、も——」

士道は言葉を途中で止めると、目を点にした。

それはそうだ。何しろスライムに触れた二人の服が、シュウシュウと音を立てて溶け始めていたのだから。

「あ、あれは……！」

「直接的なダメージは少ないですが、スライムは装備を溶かします。ファンタジーでは常識かと」

「……って、鞠亜、おまえ！」

と、士道は驚愕《きょうがく》の声を上げた。いつの間に背後に回られていたのか、鞠亜の身体にもスライムが絡《から》みつき、そのローブを溶かし始めていたのである。だが、今まさにその肌が外気に晒《さら》されようとしているというのに、鞠亜は頬を赤らめることもなく、平然とした様子のまま続けた。

「問題ありません。わたしは魔法使いなので、衣服があろうとなかろうと防御力にたいして変わりはありません」

「いやそういう問題じゃねえだろ⁉」

慌てて鞠亜の身体に絡みついたスライムを振り払う。するとスライムは鞠亜から離れ、地面を躙《にじ》るようにして逃げていった。同じように、十香と美九が暴れると、二人に張り付いていたスライムは存外簡単に剝がれ落ちた。

だがそれで終わりではなかった。鞠亜や十香たちから離れたスライムは一ヶ所に集まると、その身体を結合させ、巨大な一体のスライムに変貌《へんぼう》したのである。

しかも、草むらから新たなスライムたちが出現し、士道と鞠亜を取り囲むように展開した。

「な……っ！」

士道が戦慄に満ちた声を上げると同時、巨大なスライムが力を誇示するかのように身体を大きく広げ、再び十香たちに襲いかかった。

「ぐ――！」

すんでのところで十香が美九を小脇に抱え、その場から飛び退《の》く。一瞬前まで十香たちがいた場所に、巨大なスライムが覆い被さった。

十香たちは既に半裸状態である。今スライムの攻撃を受けてしまっては、完全に衣服が溶解させられてしまうだろう。

しかし、僧侶と非力な戦士だけであのスライムを倒すことは難しい。かといって士道と鞠亜はスライムに囲まれているし、馬車にいるメンバーと交替をするような間も――

と、そこで。士道の脳裏にとある考えが思い浮かんだ。

「十香！　そのスライムに向かって、今覚えてる一番強い回復魔法を使うんだ！」

「ぬ……!? そんなことをしては、スライムが元気になってしまうぞ！」

「いいから、急ぐんだ！　俺を信じてくれ！」

「む……わ、わかった！」

十香はこくりと頷《うなず》くと、美九をその場に下ろし、巨大なスライムに向き直った。

そして、右手を思い切り振りかぶって、スライムの中心部に拳《こぶし》を突き立てる。

「とりゃぁぁぁぁぁぁぁぁッ！」

瞬間――ビヂャッ！という音がしたかと思うと、巨大なスライムが弾《はじ》け飛び、辺りにゼリー状の欠片《かけら》が飛び散った。それらの欠片はしばらくうねうねと蠢いたあと、地面に吸い込まれるように消えていった。スライムにも知能はあるらしい。その様を見て、士道と鞠亜を取り囲んでいたスライムたちが、怯《おび》えるように草むらへと逃げていった。

「よし……っ！」

予想通りである。士道はグッと拳を握った。

「お、おお……!?」

十香は自分の右手と、今の今までスライムの居た場所を交互に見ると、驚いたように目を丸くした。

「か、回復魔法でスライムが弾けたぞ!? 弱点だったのか……？」

「……ああ、実はそうなんだ。スライムに限らず他のモンスターも回復魔法が苦手な場合が多いから、積極的に試してみな」

「うむ！　そうするぞ！」

十香が、屈託のない笑みを浮かべながらそう言う。

……彼女に『回復魔法』を使われないよう、絶対に怪我《けが》をするまいと誓う士道だった。

◇

それから数十時間に亘《わた》って、士道たちの大陸を巡る冒険は続いた。

皆、職業こそミスマッチであったものの、もともと持ち合わせていた能力値が低下しているということはなかったため、まず戦闘に苦戦するということはなかった。

まあ、考えてみれば当然である。士道を除いて九名もの精霊や魔術師《ウィザード》が揃《そろ》っているのだ。最初からこんな面子《メンツ》が集まっているだなんて、普通のRPGではあり得ない。道中出てくるような雑魚《ざこ》モンスターになど負けようがなかった。どう考えてもチートである。

どちらかというと、街やダンジョンで起こるイベントを処理する方が難易度が高かったくらいだ。巫女《みこ》を選定する踊り子対決で、四糸乃があまりに恥ずかしがるため、観客全員に目隠しを施す羽目になったり、敵を睡眠状態にする薬草を手に入れてから、なぜか折紙が毎食の食事当番を買って出るようになったり……といった具合に。

ちなみに一番の修羅場は、八舞姉妹が途中の街に設営されていたカジノにハマりまくってしまい、パーティの全財産を賭けてギャンブル対決をしていたことだったりする。もしあそこで八舞姉妹を止められなかったなら、今頃士道たちはカジノの雑用係として扱《こ》き使われていたに違いない。

ともあれ、様々な困難をくぐり抜けた士道たちは、ついに目的地である北の大陸の中心部――魔王の城まで辿《たど》り着いていた。

薄暗い廊下に聳《そび》える巨大な扉を見上げながら、士道はごくりと息を呑《の》んだ。

「ついに……ここまできたな」

その言葉に、扉の前に並んだ皆が一様に頷く。

「はい。お見事です」

「うむ、これで魔王を倒せば世界に平和が戻ってくるのだな」

「あー、あー♪　ふふっ、声がよく響きますねー、ここ」

「が、がんばり……ます……！」

「ふん、早く済ませちゃいましょ。久々に家のベッドで寝たいわ」

「くく、常闇《とこやみ》の王か――破滅の竜たる我の力を見せてくれようではないか」

「首肯。夕弦たちのパーティは最強です」

「エンディングは私と士道の結婚式と決まっている」

「うふふ……魔王さんとやらは、美味《おい》しそうですかしらねぇ……」

……なんだか一部テンションが違う者がいる気もするが、とりあえず気にしないでおく。

そう。馬車は城の中に入れないということで、特例的にパーティ全員の随行が認められていたのだ。

一〇名の大所帯パーティは、当然ラストダンジョンであるはずの魔王城の敵に苦戦することもなく、魔王が控えているであろう最後の扉まで辿り着いた。

「さあ、じゃあ開けるぞ」

士道が言うと、皆が再び首肯し、士道の背後に控えるように居並んだ。

士道は細く息を吐くと、先ほど手に入れた鍵を扉の鍵穴に差し入れ、カチャリと捻《ひね》った。

するとその瞬間、扉がゴゴゴゴゴ……と鳴動し、左右に開いていく。

扉の向こうは、暗く広い空間になっていた。造りは謁見《えっけん》の間に近いだろうか。壁際《かべぎわ》に禍々《まがまが》しい意匠の施された照明が並び、部屋の中央に、玉座が一つ置かれている。

そしてその上に、漆黒のマントを纏《まと》ったモンスターが腰掛けていた。人型ではあるのだが、その面は明らかに人には見えない。大小さまざまな角が生えた騎士甲冑《かっちゅう》とでも言おうか。歪《いびつ》なシルエットを持った異形であった。

「くく……よく来たな、勇者どもよ」

魔王が、低い声を部屋中に響かせてくる。なんだか耶倶矢みたいな喋《しゃべ》り方だった。

「まさか我が魔族の精鋭で守られた城を突破してくるとは思わなんだぞ。くく、人の身にしておくのは惜しい力よ」

言って、魔王がくつくつと笑う。……まあ、人の身というか、正確にはパーティの大半が精霊なのだが。

「我は貴様が気に入った。どうだ？　我の味方にならぬか？　さすれば、世界の三分の一を貴様にやろう」

「…………」

なんだか微妙にケチな魔王だった。……いや、三分の一でも十分広いのだが、なぜか無性にそう思えてしまったのだ。

ともあれ、そんな誘いに乗るわけにはいかない。士道は手にした剣を魔王に向けた。道中手に入れた、勇者にしか扱えない伝説の剣である。これを手に入れねば、魔王は倒せないと聞いていた。

「断る！　倒してやるぞ、魔王っ！」

「くく、愚かな！」

叫び、魔王が玉座から立ち上がってマントをバサッと広げる。

「よかろう！　ならば魔族の王の力、とくと見せてやろう！　さあ、かかってこい！」

と、魔王が言った瞬間。

『おおッ！』

士道の背後に控えていた精霊たちが、一斉に魔王に襲いかかった。

「へ──？」

魔王が、素っ頓狂な声を発する。

が、もう遅い。魔王は村人（嘘《うそ》だ）の影に足を取られ、戦士（非力）の歌で高揚した僧侶（物理）の『回復魔法』をボディに入れられ、竜騎士と竜（着ぐるみ）の連係攻撃を喰《く》らい、魔王（なぜかいる）に陰湿に攻められ、アサシン（うっかりさん）の毒飴《どくあめ》を口に放り込まれ、最後に踊り子（恥ずかしがり屋）のつけていたパペットに頭を撫《な》でられて、その場に倒れ伏した。

「ぐ、ぐふ……っ」

そしてそれきり、魔王が動かなくなる。精霊たちが「おーっ！」と勝ち鬨《どき》を上げた。

「おおっ！　やったぞシドー！」

「あらあら、口ほどにもありませんわねえ」

「魔王を名乗る資格もない。やはり士道と並び立つ魔王は私だけ」

「……ええと」

士道は額に汗を滲《にじ》ませ、手にした伝説の剣を所在なげに握りしめながら頬をかいた。

……なんという多勢に無勢。魔王が少し可哀相《かわいそう》な気がした。

とはいえ、これで目的は達せたはずである。気を取り直すように咳払《せきばら》いをして鞠亜の方を向く。

「魔王は倒したけど……あとはどうすればいいんだ?」

「…………」

と、そこで、士道は鞠亜がどこか不満そうな顔をしていることに気が付いた。

「どうしたんだよ、鞠亜」

「いえ。ただ、あまり期待していた結果は得られませんでした」

「ああ……」

そういえば、この冒険の目的は、危機的状況の中で『愛とは何か』を知るというものだったはずだ。だがメンバーが充実しすぎていたため、そもそもあまり危機に陥らなかったのである。道中様々なイベントもあったものの、結局やっていることはいつもとあまり変わらなかった。

「まあ、そういうこともあるさ。また明日から頑張ろうぜ」

「そうですね。——玉座の後ろに宝箱があるはずです。その中に入っている光の宝石を王様に返せばゲームはクリアです」

「ん、わかった。みんな、玉座の——」

と。

言いかけたところで、士道は言葉を止めた。

理由は単純。皆に打ちのめされて倒れ伏した魔王が、ムクリと起きあがったからだ。

不意に嫌な予感がして、叫びを上げる。皆もその違和感に気づいたようで、床を蹴って魔王のもとから飛び退《の》いた。

「……ッ！　みんな！　逃げろ！」

すると次の瞬間、魔王の身体《からだ》がボコボコとうねったかと思うと、段々とその体積を増し、見るもおぞましい異形の姿に変貌した。巨大な身体に、翼と尾。らんぐいに生えた牙《きば》。シルエットのみを見れば、耶倶矢の着る着ぐるみのような竜に見えたかもしれない。だが身体の各所に生えたいくつもの眼《め》や、筋肉が剝《む》き出しになったかのような皮膚が、それらの印象を『怪物』の一言に収斂《しゅうれん》してしまっていた。

「な、なんだ、こりゃあ……」

士道は眉をひそめてうめきを上げた。魔王に第二形態があること自体は珍しくない。だが、なんというのだろうか。その姿は今まで出てきたモンスターとデザインコンセプトが違いすぎる気がした。ファンタジーRPGの世界観の中に、いきなりガンシューティングのゾンビが出てきたようなものである。どう見ても、CEROレーティングがAからZに上がっている。

と、その瞬間、魔王がその巨体を動かし、尻尾《しっぽ》をブンと振り抜いてきた。

「ぐ……！」

「な……っ！」

その場にいた十香と琴里が尾に薙《な》がれ、部屋の壁に叩《たた》きつけられる。二人が打ち付けられた壁にヒビが入り、パラパラと石の欠片《かけら》が落ちた。

次いで魔王は大きく口を開けると、そこから凄《すさ》まじい炎を吐き出す。そこにいたのが八舞姉妹であったため、すんでのところで避《よ》けられはしたが、もし直撃していたら大惨事になっていただろう。

「お、おい、洒落《しゃれ》になってないぞ、これは……！」

明らかに、今まで出てきたモンスターと違う。明確にこちらを殺す意志を持ち、それだけの力を実際に有している。この冒険始まって以来の、本当の意味での『脅威』だった。

「鞠亜、やりすぎなんじゃないのか⁉」

「……、わたしはこんなイベント、設定していません」

「なんだって……⁉」

鞠亜の言葉に、士道は眉根を寄せた。

「原因を究明します。少しだけ時間をください」

言って、鞠亜は瞑想《めいそう》でもするかのように、その場に立ったままふっと目を伏せた。

だが、魔王がそんなものを律儀《りちぎ》に待ってくれるはずはない。魔王は鞠亜の不審な動きに気づいたように身じろぎすると、大きく息を吸うように首を反らした。

「……ッ！」

その動作に、息を詰まらせる。それは、先ほど火を吐いたときと同じ挙動だったのである。

士道の予想は正しかった。次の瞬間、魔王が大きな口を開けたかと思うと、そこから鞠亜目がけて、火炎放射器のような一撃が放たれた。

「鞠亜……ッ！」

士道は息を詰まらせると、半ば無意識のうちに床を蹴っていた。

「――――」

目を閉じていた鞠亜は、不意に身体が宙に浮くのを感じた。

一瞬何が起こったのかわからなかったが、すぐに、士道が鞠亜の身体を抱きかかえるようにしてその場から跳躍したのだということが理解できる。

同時、士道が突然そんなことをした理由も知れた。一瞬前まで鞠亜がいた場所が、魔王の放った真っ赤な炎に包まれていたのである。士道が助けてくれなければ、今頃鞠亜はあの業火《ごうか》に焼かれていただろう。

通常であれば、この世界に存在するものが鞠亜に害を与えることはない。だが、明らかにあの魔王はイレギュラーな存在だった。原因は未《いま》だ不明。偶発的なバグなのか、それとも――

「士道?」

と、そこで鞠亜は思考を中断させた。自分を助けてくれた士道の異常に気が付いたからだ。

そう。鞠亜を庇《かば》った士道は、あの炎を完全には避けきることができていなかったのである。マントが焼け落ち、背に痛ましい火傷《やけど》の跡が刻まれている。

「――――！」

それを見た瞬間、鞠亜は存在しないはずの心臓が収縮するかのような感覚に襲われた。

奇妙な感情。自分のために、士道が怪我《けが》をしてしまった。それを認識すると同時、自分は傷を負っていないというのに、なぜか強烈な痛みにも似た何かが全身を通り抜けていく。

「よう……無事か、鞠亜」

「……、わたしは大丈夫です。それより、あなたが」

「は、は……まあ、いつものことだ」

言って、士道が額に汗を滲ませながらニッと笑ってみせる。

「――――」

その顔を見た瞬間、鞠亜は再び心臓がとくん、と鳴るような感覚を覚えた。

それが何なのかは、鞠亜にはわからなかった。快いような、苦しいような、一言では形容しがたい感覚である。

――と。

「はぁぁぁぁッ！」

鞠亜が混乱していると、十香の叫びが鼓膜を震わせてきた。

どうやら、魔王に『回復魔法』を使ったらしい。鋭いフックが巨体に突き刺さり、魔王が苦しげに身を捩《よじ》る。

他の精霊たちも十香に続いて、全方位から魔王を攻撃し始めた。無論、先ほどまでの魔王とは別物である。そう簡単に倒れはしない。

だが、四方八方から放たれる攻撃に、魔王の意識が鞠亜の方から外れた。鞠亜は小さく首を振って、心の中に生じた奇妙な感覚を振り払うと、再び目を閉じて、ふっと強く息を吐いた。

瞬間、精霊たちと戦っていた魔王の姿が淡く発光し、その動きが、少しだけ鈍くなる。

「鞠亜、これは……!?」

「……、本来ならばこれで完全に停止するはずなのですが、今はここまでのようです。ですが――」

「――ああ、十分だ」

士道が、鞠亜の意を察したように頷《うなず》き、その場に立ち上がった。背の痛ましい火傷は、いつの間にか治癒していた。別にデータを弄《いじ》ったわけではない。それは士道がこの世界に来る前から有していた力を再現したにすぎなかった。

そして、ゆっくりと剣を掲げる。勇者にしか扱えないようプログラムされた、伝説の剣。

魔王を打倒する光の力を有した、この世界にただ一振りの神具。

「やっぱり魔王を倒すのは、勇者じゃなくちゃな。――悪かったな、魔王。おまえに最後の一撃をくれてやれるのは、俺だけだったのに」

言って、士道は地を駆けた。全方位からの攻撃に晒《さら》され、身動きが取れなくなった魔王目がけて。

「うおおおおおおおおおおおおおおッ!」

そして床を蹴って跳び上がった士道は、裂帛《れっぱく》の気合いとともに剣を振り下ろし――魔王の眉間に突き立てた。

瞬間――

――ぐるぅおおおおおおおおおおおおおおおおおお――――――

長い咆吼《ほうこう》を残して、魔王はその巨体を床に横たえた。

そして一拍の後、その身体が光の粒となり、空気に溶け消えていく。

「おお! やったな、シドー!」

「くく、まあ及第点をくれてやろうではないか」

「賛辞。お見事です」

「ああ……ありがとう、みんなのおかげだよ」

士道は恥ずかしそうに微笑《ほほえ》むと、剣を鞘《さや》に収めながら鞠亜の方に歩いてきた。

そして、未《いま》だ床にへたり込んでいた鞠亜に、手を伸ばしてくる。

「鞠亜も、ありがとう。──ほら、立てるか？」

「……！」

鞠亜はそこでハッと肩を揺らした。士道が声を発してくれるまで、ぼうっとしてしまっていた自分に気が付いたのである。

「鞠亜？」

「……、いえ、ありがとうございます」

鞠亜は平静を装《よそお》うと、士道の手を握り、立ち上がった。

◇

「──ふふふ」

北の大陸の中央に位置する魔王城。その中心に聳《そび》えた塔の上で、少女は踊るようにステップを踏んでいた。

黒鉄《くろがね》色の長い髪と、それに誂《あつら》えたような漆黒の修道服を風に遊ばせながら、くるくると塔の上を巡る。

「無事、魔王を倒せたみたいだね。――さあ、キミはこの冒険の中で、愛を知ることができたかな？」

言ってニッと唇の端を上げ、眼下に広がる城の敷地《しきち》を睥睨《へいげい》する。そこには、魔王を打倒し、光の宝石を手に入れた勇者一行の姿があった。

途中、魔王を構成するプログラムに介入してリミッターを外しておいたのだが……やはり既存のプログラムを弄っただけでは力不足だったようである。

「まあ……でも、今日はこれでいいことにしておこうか。傍《はた》から見ていても、キミたちの冒険は楽しかったしね」

でも、と言葉を続ける。

「キミの心に芽生えたその感情。それの意味を知るのは……まだ少し先になりそうだね」

そう言って、少女――或守は、トンと床を蹴り、虚空《こくう》に消えていった。

◇

翌日。目覚めてみると、ファンタジックな世界が元の天宮市になっていた。

昨日は魔王を倒した勇者一行の凱旋《がいせん》ということで、王城で飲めや歌えの大宴会が催されたのだが（飲めや、といってもジュースのことである。念のため）、気が付いてみると鎧《よろい》がパジャマに、煌《きら》びやかな王城が見慣れた自分の部屋に変貌《へんぼう》していた。どうやら寝ている間に全てが元に戻ったらしい。

今は冒険に出た皆で五河家のリビングに集まり、昨日までの思い出話に花を咲かせているところだった。

「しかし、楽しかったな！　またやらないのか、或守！」

「はいー、思ったよりエキサイティングでしたねー。あ、でももしまたやるときは職業・歌姫でお願いしますねー」

「わ、私は、あの、ローブを着る……魔法使いとかがいい、です……」

「我は次こそ竜騎士だ！　そして竜の夕弦に跨《またが》ってくれる！」

「思案。それも楽しいかもしれません。耶俱矢を落馬ならぬ落竜させてあげます」

「私はパス。それより早く、元の世界に戻れる方法を探さないと」

「うふふ、まあいいではありませんの。そう焦《あせ》っても成果は得られませんわよ？」

「次やるなら、希望の職業は士道のお嫁さん」

なんて、楽しげに会話をしている。意外と皆楽しんでいたらしい。

だがそんな中、難しげな顔をしている少女が一人、いた。——鞠亜だ。

「どうしたんだよ、鞠亜。まだあの魔王のこと気にしてるのか？　みんな無事だったんだからいいじゃないか」

「……いえ、確かにそれも気にはかかるのですが、それよりも、未だ愛とは何かがわからないのが問題です。今回はそれが知れる可能性が高いと考えていたのですが」

「あはは……」

いつも通りの鞠亜の様子に、思わず苦笑してしまう。

と、その言葉を聞いてか、折紙がピクリと眉を動かしてきた。

「——それについては一つ考えがある」

「考え、とは」

鞠亜が首を傾《かし》げる。折紙は小さく頷いてあとを続けた。

「あなたは愛とは何かを知るために、愛の生じる過程を調査しようとした。ならば、一つ試す価値のある方法に心当たりがある」

「聞かせてもらえますか」

「精神医学用語に、ストックホルム症候群という——」

「ストップ。待て折紙」

言葉の途中で、士道は折紙を止めた。

だが、遅い。鞠亜は既に情報の検索を開始してしまっていた。

「——ストックホルム症候群。確か、犯罪被害者が、犯人と長い時間一緒にいることで、過度の同情や、思慕にも近い感情を有することですね。なるほど、恐怖の対象に愛を覚えてしまう……面白いケースです。試してみる価値はありそうです」

「ちょっと待て！　一体何するつもりだ!?」

「別に難しいことではありません。まず皆には凶悪犯罪を犯した犯行グループになっていただき、五河士道にはその一団に囚《とら》われた人質に——」

「ゴメンだよ！」

士道の悲痛な叫びが、電脳世界に響き渡った。

DATE A LIVE MATERIAL 2

デート・ア・ノベル

DATE A NOVEL

凜緒リユニオン

Reunion RIO

TE A NOV

春眠暁を覚えずとはよく言うけれど、単純にベッドから這《は》い出ることが困難なのは、秋口から冬にかけての肌寒い日の方であると常々思う。士道《しどう》はのそのそと寝返りを打ち、毛布を肩の下に挟み込むようにしながら小さなうなり声を上げた。

「あー……今何時だ？」

ぼんやりとした意識と、それ以上にぼやけた視界の中、手探りで枕元のスマートフォンを探す。

と、軟体動物が触手を伸ばすように枕元をぺちぺちと叩《たた》いていると、扉の向こうからトントントン、と軽快な音が聞こえてきた。——誰かが階段を上ってきているようだ。

「……やべ……」

士道はしょぼしょぼする目を擦《こす》りながらのどを震わせた。足音の主は多分、妹の琴里《ことり》である。士道が寝坊をしたときは、琴里が無駄にワイルド且《か》つダイナミックな方法で起こしに来るのがお決まりなのだ。過去には腹の上でサンバのリズムを刻まれたことさえある。

このまま寝ていては、どんな起こされ方をされるかわかったものではない。どうにか身体《からだ》を起こそうと、全身に力を入れる。

すると士道が身を起こすより早く、部屋の扉が開き、人影が一つ、部屋に入ってきた。

しかし。

「──もう朝だよ、士道?」

士道の鼓膜を震わせた声音は、士道が予想していたものとは異なっていた。

「え──?」

士道が間の抜けた声を発すると、布団《ふとん》がゆっくりと剝《は》がされ、淡いピンク色のエプロンを着けた少女の姿が見取れるようになる。

肩口をくすぐる髪。どこか暖かな日差しを思わせる柔和《にゅうわ》な雰囲気。

そう。それは──

「凜《りん》、祢《ね》……」

「うん、おはよう」

士道がその名を呼ぶと、凜祢はにっこりと微笑《ほほえ》んだ。

士道は額を押さえるようにしながら小さな声で呟《つぶや》いた。靄《もや》が晴れるように意識が覚醒《かくせい》していく。

彼女の名前は、凜祢。──士道の、最愛の妻である。

「士道？」

「ああ……悪い。ちょっと、寝ぼけてたみたいだ」

凜祢の声に、小さく頭を振りながら答える。すると凜祢は、そんな士道の様子を面白がるようにくすくすと笑いながら、ベッドに腰掛けてきた。

「ふふ、珍しいね。昨日夜更《よふ》かしでもしてたの？」

「そういうわけじゃないと思うんだが……って、わわっ！」

頭をぽりぽりとかきながら昨夜のことを思い出そうとしていた士道は、急に大声を出して身を反らした。

しかしそれも無理からぬことだろう。何しろ、士道の隣に腰掛けた凜祢が、不意に士道に顔を近づけてきたのだから。

「り、凜祢⁉」

「ん、何？」

だが凜祢は、不思議そうに首を傾《かし》げてきた。

「な、何って……急に顔を近づけてくるから」

士道が気まずそうに言うと、凜祢がほんのりと頰を染めて視線を逸《そ》らした。

「えっ、なんかそういう反応されるとこっちまで恥ずかしくなるんだけどな……」

「いや、だから、そもそもなんでそんなこと」

困惑しながら尋ねる。すると凜祢が眉を八の字に歪《ゆが》めてきた。

「まだ寝ぼけてるの？　結婚したとき、士道から提案してきたんじゃない。『毎朝おはようのキスをしよう』って」

「は……えぇっ⁉」

凜祢の言葉に士道は思わず声を裏返らせた。が──よくよく考えると、確かにそんなことを言ったような気がしてくる。

「そ、そう……だったっけ？」

「そうだよ。もうっ」

凜祢が腰に手を当てながら頬を膨らませる。士道はなんだか申し訳ない気分になって、額に汗を滲《にじ》ませながら口を開いた。

「ええと……じ、じゃあ……するか？」

「いーえ、もう結構ですっ。自分からした約束を忘れちゃうような人は知りませーん」

凜祢がつん、と顔を背けてベッドから立ち上がり、部屋の入り口まで歩いていってしまう。士道は慌ててその背を追った。

「わ、悪かったって、凜祢。ちょっ──」

と。そこで士道は言葉を止めた。

否《いな》、正確に言うなら止めさせられた。

士道が凜祢の背後に近づいた瞬間、凜祢が後方を振り向き、ちゅっ、と士道の唇に口づけてきたのである。

「……ッ!?」

「おはよう。これで目は覚めた？」

凜祢がぺろりと舌を出し、いたずらっぽく言ってくる。

士道は一拍遅れてばくばくと鳴り始めた心臓の鼓動を落ち着けるために深呼吸しながら、降参を示すように両手を上げた。

「……ああ、おめめぱっちりだ。おはよう、凜祢」

そう言う士道の顔がよっぽど可笑《おか》しかったのか、凜祢は口元に手を当ててくすくすと笑うと、そのままエプロンの裾を翻《ひるがえ》すようにして歩いていった。

「朝ご飯、できてるよ。もうお姫様も起きてるから、早くきてね」

「あ、ああ。すぐ行くよ」

士道はそう言って凜祢の背を見送ったあと、首を捻《ひね》った。

「お姫様って……誰だっけ？」

呟きながら、部屋を見回す。そこは、夫婦の寝室であった。先ほどまで士道が寝ていたベッドも、大きなダブルベッドである。

「……うーん？」

一瞬違和感を覚えるが……ここは自分の家で間違いない。士道は頭をかきながら部屋を出、階段を下りると、洗面所に向かって顔を洗った。

そして、凜祢が待っているであろうダイニングに向かう。

と──

「あっ、パパ！　おはよう！」

扉を開けたところで、士道の鼓膜をそんな可愛《かわい》らしい声が震わせた。

見やると、朝食が並べられたテーブルに、五歳くらいの女の子が着いていることがわかる。

朝日を浴びてきらきらと輝く長い髪に、どことなく凜祢に似た顔立ち。士道に屈託のない笑顔を向けてくるその女の子は──

「──凜緒《りお》」

「ふふ、パパったらおねぼうさんだー」

士道がその名を呼ぶと、凜緒が嬉《うれ》しそうに表情を明るくした。

「ああ……そうか」

士道は額を押さえるようにしながら小さな声で呟いた。

そう。この女の子の名は凜緒。——士道と凜祢の、可愛い一人娘だった。

士道が呆《ほう》けていると、キッチンから凜祢が残りの料理を運んでくる。

「ほらお父さん、準備があるんだし早く食べちゃおう」

「お、おう、悪い悪い」

凜祢の言葉に従い、席に着く。今日の朝食は、ご飯に焼き魚、ほうれん草のおひたしに味噌汁《みそしる》という和食なラインアップだった。

と、いただきますをしようとしたところで、士道は「ん？」と首を傾《かし》げた。

「そういえば、準備って何の準備だっけ？」

士道が言うと、凜祢は凜緒と目を見合わせたのち、はあとため息を吐《つ》いてきた。

「もう、それも忘れちゃったの？　お出かけの準備に決まってるじゃない。——今日は、久々に十香《とおか》ちゃんたちと会う日でしょ？」

「あ——」

言われて、士道は目を見開いた。

そうだ。なぜ忘れていたのだろうか。

今日は――一〇年振りに皆に会う、同窓会だったのだ。

「――はい、できた」

凜祢が凜緒の髪を丁寧に編み込み、リボンを付けてあげると、凜緒は満面の笑みになってくるくると踊った。

「ねえねえパパ、どうかな？」

「ああ、可愛いよ」

「ふふふー」

士道が答えると、おすましするように口元に手を当てた。

実際、親の贔屓目《ひいきめ》を除いたとしても、ひらひらのワンピースでおめかしした凜緒はとても可愛らしかった。スーツのネクタイを締めながら、思わず頬を緩めてしまう。

「あれ？　お父さん、私には？」

と、凜祢が冗談めかした調子で言ってくる。今の凜祢は、凜緒と揃《そろ》いの色のフォーマルなドレスを纏《まと》っており、思わずドキドキしてしまうくらい綺麗《きれい》だった。

「ああ……綺麗だよ、凜祢」

「……っ！」

士道が言うと、凜祢が息を詰まらせて顔を真っ赤に染めた。

「そ、そんな真面目に答えなくていいよ……？」

「え？　あ、ご、ごめん……」

その反応に、士道も思わず頬を染めてしまう。そんな二人を見てか、凜緒が大層可笑しそうに笑った。

「パパもママもたこさんみたい」

「り、凜緒……」

その言葉を否定することもできずに士道が苦笑していると、家の外からプップッ、と車のクラクションが聞こえてきた。

「あっ、もうお迎え来たみたい。急がないと」

「あ、ああ、そうだな」

士道は話題を変えるように言う凜祢にうなずくと、手早く準備を済ませ、家を出た。

すると家の前に、真っ赤なスポーツカーが停車していることがわかる。士道たちがやってくるのを見計らうようにして、運転席の窓が開いた。

「——何してるのよ。遅いわよ、三人とも」

そこから顔を出したのは、髪をアップに纏め、サングラスをかけた少女だった。——士道の妹、五河琴里《いつかことり》である。

もう二〇代半ばであるはずなので『少女』という呼称は正しくないのかもしれなかったが……一〇年前からほとんど外見が変わっていないため、『女』というのにも少々違和感があるのだった。

「まったく、どうせ朝っぱらから二人でいちゃついてたんでしょ？」

琴里が、口にくわえたチュッパチャプスの棒をピコピコ動かしながら言ってくる。士道はビクッと肩を震わせた。

「な……っ、別にそんなこと——」

「ねえ凜緒、パパとママいちゃいちゃしてた？」

「うん！　みつめあって、おかおがたこさんみたいになってた！」

「り、凜緒っ！」

凜祢が泡を食って凜緒を止めにかかる。が、もう遅かった。琴里が半眼を作りながら、ニヤニヤと二人に視線を送ってくる。

「相変わらずお熱いわねえ」

「むぐ……」

「いや、その……」

「何よ、別に悪いことじゃないでしょ。──それよりほら、早く乗ってちょうだい。凜緒は後ろのチャイルドシートね」

「はーい、ことりちゃん！」

元気よく凜緒が返事をすると、琴里が眉根を寄せた。

「元気がいいのはいいけど、琴里ちゃんはやめなさい」

「え？　じゃあ……ことりおばちゃん？」

「……琴里ちゃんでよろしい」

琴里がはあとため息を吐きながら前髪をくしゃくしゃとやる。そんな二人のやりとりに、士道と凜祢は思わず頬を緩めてしまった。

サングラス越しにギロリと琴里に睨《にら》まれ、車に乗り込む。すると、琴里がアクセルを踏み込み、勢いよく車が発進した。

「……っとと、相変わらず荒っぽい運転だな」

「文句あるならとっとと自分で免許取りなさいよ。もう凜緒も五歳だし、いろいろ連れて行きたい頃でしょ」

「ああ、今年中にはなんとか……と思ってるんだけどな。何しろ仕事が忙しくて」

苦笑しながら頬をかく。士道と凜祢は今、街でレストランを開いているのだった。シェフ一人ウエイター一人、そして可愛い看板娘一人の小さな店だが、気のいい常連客に支えられ、毎日忙しくさせてもらっている。

「琴里の方はどうなんだ？」

ハンドルを握る琴里の横顔を見ながら問い返す。

琴里は大学を出たあと、〈ラタトスク〉での経験を生かして軍事ジャーナリストとして活動していた。最近は、ニュース番組のコメンテーターとしてテレビでもちらほらと見かけることもある。多忙さでいえば士道といい勝負のはずだった。

「まあ、忙しいといえば忙しいけど、ある程度スケジュールに融通が利《き》くから、体感的にはそこまでって感じね。定時で出退社するより、こっちの方が性に合ってるわ」

「違いねえや」

琴里らしい言葉に笑ってしまう。確かに、琴里はOLというよりもフリーランスで活動している方が似合っていた。

「でも……もう一〇年になるんだね。なんだか信じられないよ」

後部座席から、凜祢の声が聞こえてくる。士道は同意を示すように「ああ」とうなずいた。

精霊の力の完全な封印に成功して一〇年。暴走の危険性がなくなった精霊たちは、皆人間として思い思いの人生を生きていた。彼女らが今何をしていて、どんな人物になっているのか——それを思うと、不思議な高揚と微《かす》かな緊張が湧《わ》いてくるのだった。

「一〇年……か。そういえば琴里、〈フラクシナス〉の人たちは今何をしてるんだ?」

「ああ、みんな? 確か……川越《かわごえ》は結婚相談所に勤めてるって聞いたわね」

「五回も離婚してるのに⁉」

「今は八回よ」

「また離婚したのかあの人は!」

「で、幹本《みきもと》は貯《た》めたお金でフィリピンパブ経営に乗り出したって話よ」

「ホントに社長さんになっちゃった⁉」

「中津川《なかつがわ》は手先の器用さを生かしてフィギュアの原型師をしてるとか」

「……ッ! なんだろう、先二つと比べるともの凄《すご》く真っ当に聞こえる……」

「箕輪《みのわ》は、経験を生かして探偵をやってるらしいわ」

「その経験って尾行とかだよな⁉」

「椎崎《しいざき》も経験を生かして呪殺師をやってるって」

「何の経験だよ⁉」

士道が言うと、琴里は小さく笑いながら言葉を続けてきた。

「令音《れいね》は士道も知っての通り、私のアシスタント兼マネージャーをしてるし……神無月《かんなづき》はうちの事務所で椅子をやってるわ」

「椅子!?　ちょ、ちょっと待て。椅子って何だ椅子って！」

「椅子は椅子よ。仕事中私が座るの。ちなみに一時間一万円」

「時給高ッ！　そんなに貰《もら》ってるのかよ神無月さん！」

「やぁねぇ、神無月が私に払ってるのよ」

「プレイ料金!?」

と、士道が叫びを上げると、ほどなくしてキキッ、という音と共に車が停車した。

「──着いたわよ。ちょっと時間早かったかしら？」

「おまえが飛ばしすぎなんだって……」

言いながら、士道は凜祢、凜緒、琴里とともに車を下りて、同窓会会場のあるホテルに入っていった。

参加人数は精々十数名程度であるのだが、用意された会場は妙に豪奢《ごうしゃ》だった。ふかふかのカーペットが敷き詰められた広大なホール。照明は煌《きら》びやかなシャンデリア。並べられたテーブルの上には、美味《おい》しそうな料理がこれでもかと言わんばかりに並んでいた。

「はー、こりゃまた、随分豪華なところ用意したんだな」

「まあ、せっかくだからね。それに、このプランじゃないと料理が足りないと思って」

琴里が、外したサングラスを鞄にしまい込みながら言う。士道は「なるほど」と肩をすくめた。

「でも、まだ誰も来てないみたいだな。先に飲み物でももらって……」

「——士道」

と。そこで背に声をかけられ、士道は後方を振り向いた。

そしてそこに立っていた少女の姿を見て、目を見開く。

「鞠亜……！ 鞠亜か？ 久しぶりだな！」

シックな色合いのドレスに包まれた小柄な体軀。カチューシャで飾られた色素の薄い髪。そこにいたのは、かつて電脳世界で生を享ける人工精霊・或守鞠亜だったのである。

「はい。お久しぶりです。琴里に凛祢も。お元気でしたか？」

「ええ。なんとかね」

「久しぶり、鞠亜ちゃん。——ほら、凛緒も」

言って、凛祢が凛緒の背を押す。すると凛緒が、鞠亜にぺこりとお辞儀をした。

「五河凛緒です！」

「初めまして、凜緒。生まれたときに写真はいただきましたが、こんなに大きくなっているとは驚きです。子供の成長は早いですね」

鞠亜がにこりと笑いながら凜緒の頭を撫《な》でる。凜緒が気持ちよさそうにえへへと微笑《ほほえ》んだ。

「でも、本当に久々だな。今は何をしてるんだ？」

言うと、鞠亜は視線を凜緒から士道の方に向けてきた。

「はい、今はゲーム会社でプランナーをしています」

「はは、そりゃまた、ぴったりだ」

鞠亜はもともと、〈ラタトスク〉の作ったスーパーシミュレイテッドリアリティゲーム『恋してマイ・リトル・シドー2』の中で生まれた存在なのだ。そんな彼女が巡り巡ってゲームを作る立場になろうとは、世の中上手《うま》くできているものである。

「でも、ゲームクリエイターって大変なんだろ？」

「はい。特にマスターアップ前は会社に泊まりになることもしばしばです」

「そりゃキツそうだな……仕事は大事だけど、根を詰め過ぎて体調崩さないようにな？」

士道が言うと、鞠亜はこくりとうなずいた。

「大丈夫です。我が社には妖精さんが住んでいますので」

「はい。わたしが作業中に疲れて眠ってしまうと、いつの間にか途中だった書類が完成していたり、プログラムが組まれていたりするのです」

「へ？　なんだそりゃ。そんなことがあるのか？」

士道は不思議そうに言った。まるでスコットランド伝承のブラウニーである。

だが、単純に否定もできなかった。何しろこの世界には、精霊という存在が実在しているのである。妖精くらいいてもおかしくはないだろう。

「妖精さん……か」

「でも、妖精さんがやってくれるのはわたしの仕事だけなのです。きっと妖精さんはわたしのことが大好きなのですね」

と、そこで。鞠亜の頭が後方からすぱーん、と叩《たた》かれた。

「きゃっ」

鞠亜が短い悲鳴を上げ、後方を振り向く。

「はっ、妖精さん」

「誰が妖精さんよ、誰が」

いつの間にかそこに現れていた少女が、苛立《いらだ》たしげに腰に手を当てる。その顔を見て、

「妖精さん？」

士道たちは目を丸くした。

「鞠奈《まりな》！」

士道が名を呼ぶと、少女──或守鞠奈はひらひらと手を振ってきた。

「お久しぶり。能天気なところは変わってないみたいだね、五河士道。この子の冗談を真に受けるなんて」

「え？」

「冗談……って、あ、もしかして」

凜祢が何かに気づいたように言うと、鞠奈が「ええ」と首肯した。

「今は鞠亜と一緒の会社で働いてるの。まったく、この子ったら頑張りすぎでいつも寝落ちしちゃうんだから」

言って、はあとため息を吐《つ》く。なるほど、鞠亜の言う妖精さんの正体は鞠奈だったらしい。それを聞いてか、琴里がニヤニヤと唇の端を歪《ゆが》める。

「ふうん？　で、鞠亜のために仕事を手伝ってあげるんだ。鞠奈ったらやっさしー」

「……っ」

琴里の言葉に、鞠奈の顔が赤くなる。

「べ、別にそういうのじゃないわよ。ただ、この子の仕事が滞るとあたしが迷惑するってだけ。それ以上でもそれ以下でもないわ」

そう言って、鞠奈がつーん、と顔を背ける。

しかし突き放されたはずの鞠亜は、頬を紅潮させながら目をキラキラさせていた。

「士道……これはわたしにもわかります。これは……『愛』……」

「あー……うん、まあ、そうだな」

「な……ッ⁉ ち、違うって言ってるでしょう！」

「恥ずかしがることはありません、鞠奈。大丈夫です。わたしも鞠奈を愛しています。相思相愛です」

「何真っ昼間から恥ずかしいこと言ってるの⁉」

鞠奈が声を裏返らせながら叫ぶ。士道たちはそんな様子を、微笑ましげに眺めていた。

と。

「シドー！」

士道たちがわいわいと騒いでいると、会場の入り口の方からそんな声が聞こえてきた。

そこにいたのは、フォーマルなドレスを身に纏《まと》い、そこはかとない知性を感じさせる眼鏡をかけた少女だった。

頭にあるイメージとの違いから少し混乱してしまったが――すぐに、その少女の正体に気づく。

「十香！　久しぶりだな！」

「十香ちゃん⁉　どうしたのその眼鏡！」

士道と凜祢が驚きを露《あら》わにすると、十香はえっへん！　と自慢げに胸を反らした。

「今私は外資系のコンサルティング会社で働いているのだ！　キャリアウーマンだぞ！」

言って、十香が眼鏡をクイクイと動かしてみせる。

その言葉に、会場にいた一同が皆驚愕《きょうがく》の表情を浮かべた。

「外資系の……⁉」

「コンサルティング会社⁉」

「あの十香が⁉」

「うむ！」

十香が大仰にうなずく。会場がにわかにざわついた。

「と、十香？　いい？　コンサルティングっていうのは経営の相談に乗ったり企画立案をしたりする仕事のことで、コンデンスミルクとかとは関係ないのよ？」

琴里が頬に汗を垂らしながら言う。すると十香は、わかっている、と言うように腕組みした。

「当然ではないか。センセーショナルなイノベーションを提案し、コンセンサスを得て結果にコミットするのだぞ」

「と、十香ちゃんが難しそうな横文字を……！」

「だ、誰か、天気を確認して！　雹《ひょう》が降ってる可能性があるわ！」

凜祢と琴里が戦慄に満ちた声を発すると、十香がはふー、と鼻から息を吐きながら肩をすくめた。

「何を慌てているのだ二人とも。これくらい当然だぞ。キャリアウーマンだからな。……おっと、失礼するぞ」

十香が不意に鞄を探り、スマートフォンを取り出して耳に当てた。

「うむ、私だ。──ああ、その件か。それはプライオリティを重視してアグレッシブ且《か》つフレキシブルに対応してくれ。うむ、確実にイニシアチブを取り結果にコミットするのだ」

そして、ペラペラと指示のようなものを飛ばし出す。琴里が「ひぃぃぃっ!?」と身を震わせた。

「──すまないな。急に仕事の電話が入ってしまった。キャリアウーマンだからな！」

十香がスマートフォンを鞄にしまいながらニッと微笑む。

「い、いや、それは大丈夫だけど……もしかして部下までいるの？」

「うむ！　しかし人の上に立つというのは難しいものだな。今になって琴里の偉大さがわかったぞ。インセンティブでガバナンスなスキームをシンボリルドルフしてジャスタウェイしなければならないからな！」

自信満々といった様子で十香が腕組みし、うんうんとうなずく。士道は苦笑しながら頬に汗を垂らした。

「……なんか途中からおかしい気がするんだが……」

「そう。おかしい。何もかもがおかしい」

「やっぱりそうだよな」

「そう。この世界は間違っている。士道と結婚したのが園神《そのがみ》凜祢ということがそもそもの間違い。今からでも遅くない。やり直すべき」

「は……って、お、折紙《おりがみ》っ⁉」

士道はビクッと肩を震わせ、背後を振り向いた。いつの間に現れたのか、そこには人形のような少女が静かに立っていたのである。

「うぬ、現れたな鳶一《とびいち》折紙！」

先ほどまで朗らかに会話していた十香が、目を攻撃色に染める。高校に通っていた頃から仲が良かったとは言えない二人だが、それは一〇年を隔てても変わらないらしかった。

しかし折紙の方は、十香を一瞥《いちべつ》したのみで視線を外した。

「士道に選ばれなかった女と小競《こぜ》り合いをする暇はない。私の敵は園神凜祢ただ一人」

「な、なんだと貴様！　結果にコミットするぞ！」

十香が今にも折紙に飛びかかりそうな様子で叫びを上げる。最後の言葉はよく意味がわからなかった。

「ま、まあまあ、落ち着けって二人とも。せっかくの同窓会じゃないか」

「む……シドーがそう言うならば」

「もとより私は異存ない。一〇年振りに会うというのに喧嘩《けんか》を吹っ掛けてくるなんて、野蛮極まりない」

「き、貴様っ！」

「ストップストップ！　そ、それより折紙！　仕事は大丈夫だったのか？　今忙しいんじゃ……」

士道が話題を変えるように言った。

確か折紙は、精霊の問題が解決したあと自衛隊を退職し、プロテニスプレイヤーに転向していたはずだった。

競技を始めた年齢こそ遅かったものの、持ち前の運動神経と身体能力、そして冷徹な闘争心を武器に大会を次々と勝ち上がり、今は世界でもトップクラスのプレイヤーとして活躍している。新聞やテレビで名前を見ることも多かった。

士道の言葉に応えるように、折紙がこくりとうなずく。

「今日は大会の決勝だった」

「それってここにいちゃまずいだろ⁉」

「問題ない。士道に会える機会は、グランドスラムより価値がある」

「いや、それはさすがに……」

「もともとテニスを選んだのは、賞金額が高いことと、スポーツメーカーからの契約金がいいことが理由」

「へ……？」

「今までの賞金、契約金、ＣＭ出演料等合わせて、私の今の資産は日本円で約一〇〇億円」

「そ、そりゃすごいな……」

「いつでも士道を養うことができる」

「……………」

士道がどう返したものか戸惑っていると、折紙は凜祢の方に視線を向けた。

「久しぶり、園神凜祢」

「あ、あはは……変わらないね、鳶一さん」

「あなたのスペックを過小評価しているつもりはなかったけれど、夜刀神《やとがみ》十香にかまけてしまっていたのが私の敗因。しかし、今度は油断しない」

「え、ええと……」

凜祢が困った顔をしていると、脇から凜緒が出てきて、凜祢の足にがっしとしがみついた。そして折紙の方を見上げながら、不安そうに口を開く。

「けんかはだめだよ……？」

「…………」

折紙は無言になると、凜緒、凜祢、そして士道をジッと見つめたのち、小さく息を吐いた。

「……士道が不幸になることは私も本意ではない。園神凜祢。今はあなたに士道を預けておく。でも、もしあなたが士道の妻に相応《ふさわ》しくない行動を取った場合は容赦しない」

「ん……わ、わかった。頑張るね」

折紙の言葉に、凜祢は困ったように苦笑した。

折紙が、そのまま淡々と言葉を続ける。

「──さっそく、一つ忠告しておく」

「忠告？」

「娘が生まれてから、夫婦でお風呂《ふろ》に入る回数が激減している。士道もまだ若い。最低週二回を心がけて」

「ぶ……ッ!?」

「と、鳶一さん……!?」

さらっと告げられた『忠告』に、士道と凜祢は同時に目を見開いた。

「な、なんでそんなこと知ってるんだよ、折紙!?」

「乙女の勘」

折紙がぴくりとも表情を変えずに言う。

と、士道がだらだらと顔に汗を浮かべていると、またも会場に新たな参加者が現れた。

「だーりーん！　皆さーん！　お元気でしたかー！」

よく通る声をホール中に響き渡らせ、一人の少女が歩み寄ってくる。

その姿はもしかしたら、凜祢や凜緒を除けば、この中でもっとも頻繁に目にしているかもしれなかった。

しかしそれも当然だ。何しろ彼女の顔は、テレビCMや街頭のポスターなど、日本中に溢《あふ》れかえっているのだから。

「美九《みく》！」

士道が名を呼ぶと、日本を代表するトップアイドル・誘宵《いざよい》美九が、感極まったように身体《からだ》を揺すってきた。

「はいはーい、だーりんの美九ですよー。お久しぶりですねー。もう皆さんに会いたくて会いたくて、どれだけ枕を濡《ぬ》らしたことかっ！」

「あはは……大げさですよ、美九さん」

凜祢が言うと、美九がオーバーリアクション気味に指を組み合わせた。

「きゃっ！　凜祢さん！　一層お綺麗《きれい》になられて！　くふふ、やぱりだーりんと熱い夜を過ごしてると、いい感じのホルモンが分泌されるんですかねぇ？」

「え、えと……その……」

凜祢が照れくさそうに言葉を濁していると、美九はそれをどう受け取ったのか、ハッと目を見開いてきた。

「あっ、すみません。もう結婚されてるのに私がだーりんって呼ぶのはおかしいですよねー。以後気を付けます」

「あはは……別に構いませんってば」

「いえいえ、これはけじめです。なのでこれからは改めて士織《しおり》さんとお呼びしますぅ」

「もっとおかしいだろそれは⁉」

士道が叫ぶと、傍《かたわ》らの凜緒が不思議そうに目を丸くした。

「ねえパパ、しおりさんってだれー？」

「お願い凜緒だけは知らないままでいて！」

身を捩《よじ》りながら悲痛な声を上げる。だが、当の美九は士道の反応を気にするでもなく
――否《いな》、正しく言うのなら気にしている余裕がないといった様子で、凜緒を見つめながら指先をふるふると震わせていた。

「こ、この子は……まさか！」

「あ、ああ……俺と凜祢の娘の凜緒だよ。ほら凜緒、ご挨――」

「きゃぁぁぁぁぁぁぁぁぁぁぁぁぁぁぁぁぁっ‼」

士道が凜緒を紹介しようとすると、それを遮るようにして美九が甲高い声を上げた。

前世で生き別れた恋人と再会したかのようなテンションで凜緒に抱きつき、すりすりすりすりすぅーりすりすりすりと、ハイスピードカメラでも捉えられないような速度で頬ずりをする。

「あああああん可愛《かわい》い可愛い可愛いぃぃぃぃぃぃぃぃぃぃッ！　お二人のお子さんだから可愛いのは当然ですけど予想を遥《はる》かに超えてキュゥゥゥウト！　クゥゥゥゥゥウル！　パッショォォォォォォォン！　サンキューDNAぇぇぇぇぇぇッ！　ねえ凛緒ちゃんお姉さんのおうちにきませんかお小遣いあげますよぉ、とりあえず五万円でどうですか？」

「お、落ち着け美九っ！　顔面がスキャンダル状態だ！」

士道が美九の肩を摑《つか》んで凛緒から引っぺがすと、美九はしばしの間手をわきわきと動かしたのち、ハッと我に返った。

「はっ、すみません。凛緒ちゃんのあまりの可愛さに、ちょっと我を失っていましたー。挿絵がなくてよかったですぅ」

最後の台詞《せりふ》はよく意味がわからなかったが、とりあえず落ち着いてくれたようである。

士道はほうと息を吐いた。

「まったく、相変わらずだな」

「ううん、そんなことないですよー。凛緒ちゃんが可愛すぎるのがいけないんです」

美九がぶー、と唇を突き出す。すると、ジッと美九を見ていた凛緒が、何かに気づいたように目を丸くした。

「あっ、てれびにいたひとだ！　りおしってる！」

そしてそう言うと、マイクを持つようなジェスチャーをしながら、トントンとステップを踏んでみせる。どうやら、前にテレビで見た美九のダンスを真似《まね》しているようだ。

「ふふふふんふふ、ふんふふふん♪　って」

「ひ……ッ」

「！　危ない！」

凜緒のダンスを見て息を詰まらせた美九の目を、慌てて塞《ふさ》ぐ。すると美九が、過呼吸気味に息を吐きながら言ってきた。

「あ、ありがとうございます……危ないところでした。だーりんがいなかったら、凜緒ちゃんを食べてしまっていたかもしれません」

無論冗談なのだろうが、冗談には聞こえなかった。士道は美九の心拍が落ち着くのを待ってから目隠しを外した。

するとそれに合わせるようにして、次なる参加者が会場に入ってきた。

「……！　皆さん、お久しぶりです……！」

『やっはー！　みんな変わらないねー！』

そう言いながら、左手にウサギのパペットを付けた小柄な少女が、皆のもとにやってくる。

「四糸乃《よしの》！　それによしのん！」

「おお、元気だったか、二人とも！」

十香が言うと、四糸乃とパペットの『よしのん』は同時にこくりとうなずいた。

「はい……！　皆さんもお元気そうで何よりです」

『一部元気すぎる人もいるみたいだけどねぇ』

言って、『よしのん』が美九の方を見ながらクスクスと笑う。美九がぺろりと舌を出した。

と、そんなやり取りを眺めていた琴里が、四糸乃と『よしのん』の装《よそお》いに目をやりながらチュッパチャプスの棒をピンと立てる。

「にしても、随分お洒落《しゃれ》さんじゃないの、よしのん」

琴里の言うとおり、今『よしのん』は、花の意匠が施された服に身を包んでいた。どうやら四糸乃の纏《まと》ったワンピースと同じ素材でできているらしい。なんとも可愛らしいペアルックである。

『あらら～ん？　気づいちゃった？　気づいちゃった？　さっすが琴里ちゃん、お目が高いんだからぁ』

『よしのん』が、装いをアピールするようにくるりとスカートの裾を翻《ひるがえ》す。すると四糸乃がほんのりと頬を染めながら言葉を継いだ。

「実は……これ、私がデザインしたんです。今、子供服のデザイナーをしていまして……」

「えっ、そうなの？　すごい！」

凜祢が声を弾ませると、四糸乃が恥ずかしそうにはにかんだ。

「いえ、まだまだ全然駆け出しで……」

「いやいや、そんなことないって。すごいじゃないか四糸乃」

「へえ、大したものね。可愛くできてるじゃない」

「なるほど。ただダウンサイジングするだけではなく、意匠も微妙に変えてあるのですね」

「ふうん……やるじゃない」

士道たちが口々に誉《ほ》めると、四糸乃は嬉《うれ》しいような、それでいて恥ずかしくてたまらないような顔をしながら「あ、ありがとうございます……」と言った。

「それで……あの」

と、四糸乃が、持参していた鞄《かばん》を探りながら、凜緒の方に目を向ける。

「士道さんと凜祢さんのお子さんが五歳になるって聞いて、これ、もしよかったら……」

そしてそう言って、綺麗にリボンが掛けられた包みを凜緒に渡してくる。

凜緒は一瞬呆《ほう》けたように目を丸くしていたが、すぐにそれが自分へのプレゼントであることを理解したのだろう。パァッと顔を輝かせた。

「わあっ、ありがとう、おねえちゃん！」

「ど、どういたしまして……」

『うふふー、四糸乃渾身《こんしん》の逸品だよー』

凜緒が両手でプレゼントを抱えながらぴょんぴょんと飛び跳ねる。すると、凜祢が凜緒に優しく笑いかけた。

「よかったね、凜緒。――せっかくだからそのお洋服、着てみよっか？」

「うん！　きたい！」

凜緒が目をキラキラさせながらうなずく。凜祢がにこりと微笑《ほほえ》み、凜緒の手を取った。

「じゃあ、ちょっと待ってて、みんな。更衣室を借りてくるね」

「またねー！」

凜緒がブンブンと手を振る。皆は微笑ましい気分になってそれに返すように手を振った。

鞠奈だけは腕組みしながらそっぽを向いていたが、皆に見えないように小さく手は振っていた。

──そして、それからおよそ一〇分後。

二人が消えた扉が開き、パールホワイトのドレスに身を包んだ凜緒が現れた。

袖やスカートの裾を飾る細緻なレース。腰元にさりげなく鎮座する可愛らしい花の意匠。シャンデリアの光を浴びてつやつやと輝くそれは、まるでおとぎ話のお姫様を思わせた。

凜緒が、はにかみながら小首を傾《かし》げてくる。

「えへへ、りお、かわいい？」

「────────────────ッ」

そのあまりに愛らしい姿を見て、美九が声にならない声を上げる。

「！ ま、まずい！ みんな！ 美九を！」

「コフー！ コフー！」

美九が、何かが憑依《ひょうい》したかのように手足を動かし、凜緒に迫ろうとする。士道たちは慌ててその身体を押さえた。

「し、鎮《しず》まりたまえー！ 鎮まりたまえー！」

「なぜそのように荒ぶるのか！」

皆で必死に美九を取り押さえ、最後に鞠奈が、脳天にチョップを食らわす。そこまでやってようやく、美九は平静を取り戻した。

「はっ、どうしたんですか皆さん。まるで私を取り合うように手足を引っ張ったりしてぇ。大丈夫大丈夫。私は逃げたりしませんってばぁ」

そう言って美九が、ポッと顔を赤らめる。皆は一斉にため息を吐《つ》きながら手を離した。

「まったく……」

やれやれと肩をすくめ、士道は会場をぐるりと見回した。既にホールには士道たちを入れて一〇名の参加者がいる。

「ええと、まだ来てないのは……っと」

士道が指を折って残りの精霊を数え始める。するとそれに合わせるように、またも会場の扉が開き、新たな参加者が現れた。

「くくく——悠久の彼方《かなた》より来たりし迷い子たちよ！　我の降誕を喝采と共に迎えよ！」

やたらと格好いいポーズを取りながら、一つの人影が会場に入ってくる。編み込んだ髪をアップに纏めた少女である。漆黒のスーツに身を包み、手には指ぬきグローブが装着されていた。

ここまでくればもう間違えようがない。八舞《やまい》姉妹の片割れ、耶倶矢《かぐや》である。

「おお、耶倶矢！　久しぶりだな！」

「なんていうか……相変わらずねえ」

十香が元気よく、琴里が苦笑しながら軽く手を上げる。すると耶倶矢が「ふっ」と前髪をかき上げた。

「久しいな我が眷属《けんぞく》たちよ。壮健であったか」

「ああ、耶倶矢も元気だったか？　今は何をしてるんだ？」

士道が問うと、耶倶矢は待っていましたと言わんばかりに含み笑いを漏らした。

「くっくっく……よくぞ聞いた。――これを見よ！」

そしてスーツの内ポケットに手をやり、勢いよく何かを取り出す。

「これは……文庫本？」

そう。耶倶矢が手にしていたのは、A6判の本だったのである。表紙には剣を持った女の子が描かれ、『始原創世の颶風騎士《シュトゥルムリッター》』というタイトルが記されていた。

「ほう。これは」

その表紙を見て、鞠亜があごに手を当てた。

「知ってるのか、鞠亜」

「一応ゲーム業界に身を置いていますので、いろいろチェックはしています。いわゆるライトノベルというやつです。これでもかと言わんばかりの中二設定が売りのバトルラノベで、現在七巻まで刊行中、確か今度アニメ化もするはずですよ」

「へえ……で、これがどうかしたのか？」

士道が問うと、耶倶矢がくつくつとのどを鳴らした。

「察しが悪いぞ士道よ。我がこれを掲げたのは、御主《おぬし》のどのような質問に対してであったかもう一度考えるがよい」

「え？　そりゃ、耶倶矢は今何を……って、まさか」

「かか！　その通り！　この本は我が書いたものである！」

耶倶矢が本を高々と掲げ、自慢げに声を響かせる。皆が『おおっ』と目を見開いた。

「耶倶矢、作家なんてやってたの!?」

「全然……知りませんでした……」

「えっ、じゃあこの表紙に書いてある『響幻夜《ひびきげんや》』っていうのは……」

士道が本の表紙を覗《のぞ》き込みながら言うと、耶倶矢がチッチッと指を振った。

「ペンネームだ。ペ・ン・ネ・エ・ム」

「おおっ、なんだか凄《すご》そうだぞ！」

「へー、ちょっと見てみてもいいですかー？」

と、美九が耶倶矢の手から本を取り、パラパラと捲《めく》る。皆もそれを興味深げに覗き込んだ。

「あっ、ちょ――」

なぜか耶倶矢が慌てたように声を詰まらせる。が、その理由はすぐに知れた。本の口絵に、ほぼ全裸状態の美少女のイラストが描かれていたのである。

「えー……と」

「何よその目はっ！　いくらバトルものでもお色気要素は大事なファクターなのよっ⁉　特に読者を捕まえなきゃいけない一巻には必須！　可愛《かわい》い女の子が嫌いな読者はいないんだから！」

耶倶矢が大声で主張する。なぜか美九が納得を示すようにうんうんとうなずいていた。

「はは……悪い悪い。ちょっと驚いただけだ。――凄いと思うぜ。耶倶矢の書いた本が店に並んで、しかもアニメが放映されるんだろ？」

「ぐ……わ、わかればいいけど」

なんだか素直に誉められるのもそれはそれで恥ずかしい、といった調子で耶倶矢が咳払《せきばら》いをする。

と、そこで士道はとあることを思い出し、首を傾げた。

「そういえば耶倶矢、さっきから気になってたんだが……」

「？　何よ」

「今日、夕弦《ゆづる》は一緒じゃなかったのか？　おまえらのことだからてっきり二人で来るものだと思ってたんだけど」

　士道の言葉に、他の面々も「ああ、そういえば」と同意を示した。

　八舞夕弦は耶倶矢の双子の姉妹であり、一〇年前はいつも一緒にいた。てっきりまだ二人で住んでいるものだと思ったのだが……違うのだろうか。

　士道がそんなことを考えていると、なぜか耶倶矢が気まずげに視線を逸《そ》らした。

「あ……や！、夕弦は今ちょっと……」

「え？　夕弦に何かあったのか？」

「や、そういうわけじゃないんだけど……その……」

　と、耶倶矢が歯切れ悪そうに言っていると、不意に会場の扉がギィ、と音を立てた。

「……ッ！」

　するとその瞬間、耶倶矢がビクッと全身を震わせ、長いテーブルクロスの敷かれたテーブルの下に、隠れるように潜り込んだ。

「か、耶倶矢？　何してるんだ？」

「しーっ！　わ、私は今日ここには来てないからね!?」

「は……？　何言ってるんだ？」

　士道が耶倶矢の言葉に首を捻《ひね》っていると、会場の扉が完全に開け放たれ、耶倶矢と瓜二《うりふた》つの顔をした少女が入ってきた。――今話題に上った耶倶矢の姉妹、夕弦である。

「あ、夕弦ちゃん」

「懐古。お久しぶりです、凜祢」

　夕弦はぺこりと頭を下げながら短く挨拶《あいさつ》をすると、つかつかと士道たちの方に歩み寄り、きょろきょろと辺りを見回した。

「……夕弦？」

「質問。耶倶矢はここに来ていませんか？」

「え？」

　問われて、士道は一瞬耶倶矢の潜り込んだテーブルに目をやった。……あの怯《おび》えよう。何か事情があるのかもしれない。一拍置いてから、夕弦に言葉を返す。

「な、何かあったのか？」

「肯定。実は夕弦は今、とある出版社で編集者をしているのですが、耶倶矢はその会社のレーベルでライトノベルを書いているのです」

「へ、そ、そうなのか？」

「首肯。担当は夕弦です」

「はー……」

士道は思わず目を丸くした。耶倶矢が作家をしているというのにも驚いたが、まさか夕弦が編集者になっていたとは。

ですが、と夕弦が苦々しい顔をしながら続ける。

「憤怒《ふんぬ》。締切《しめきり》がとうに過ぎているというのに、耶倶矢が原稿を上げないのです。それどころか、昨日から連絡が取れないという有様《ありさま》です。てっきりここに来ているものと思ったのですが……」

と、そこで夕弦が何かを見つけたようにぴくりと眉を動かす。

──視線の先には、先ほど耶倶矢が持ってきた『始原創世の颶風騎士《シュトゥルムリッター》』一巻が置かれていた。

「…………」

夕弦は無言でそれを見つめると、おもむろに足を後方にやり、そのままテーブルの下目がけて蹴りを放った。

『あいたっ⁉』

それがちょうどヒットしたのだろう。テーブルクロス越しに、くぐもった声が聞こえてくる。

「疑念。おや、鳴くテーブルとは珍しいですね。とりゃ、とりゃっ」

　夕弦が半眼を作りながら、ぼすぼすとキックを続ける。それから幾度か「ぎゃっ！」

「おごっ！」という悲鳴が響いたのち、涙目になった耶俱矢がお尻を押さえながら、テーブルの下から這《は》い出てきた。

「ちょ、ちょっと、何すんの⁉　お尻がバカになったらどうすんだし！」

「発見。おや耶俱矢。そんなところにいたのですか。探しましたよ」

「ひ……ッ」

　底冷えのするような声で言った夕弦に、耶俱矢が顔を青くする。

　夕弦は穏やかな口調で、しかし目は笑っていないまま続けた。

「説教。いいですか耶俱矢。夕弦は何も、耶俱矢がここに来たことを怒っているのではありません。——一〇年振りに皆に会える機会です。耶俱矢が今日という日を楽しみにしていたのはよく知っています。夕弦も、いくらスケジュールがピンチとはいえ、同窓会を欠席しろだなんて言うつもりはありませんでした」

「う、うう……」

　諭すように言う夕弦に、耶俱矢が肩を震わせる。いつの間にか、自然に耶俱矢が正座の姿勢を作っていた。

「……電話無視してごめんなさい。夕弦に捕まったら、ここに来られないと思って……」

耶倶矢がしゅんとしながら頭を下げると、夕弦はゆっくりと首を振った。

「否定。確かにそれもありますが、夕弦が怒っているのはそういうことではありません」

「え……」

耶倶矢は、ハッと目を見開いた。

「ごめん……夕弦は、私が夕弦を信じられなかったのを怒ってるんだよね」

「唾棄《だき》。違います。そもそも期日通りに原稿を上げなかったことを怒っているのです」

「そこ⁉」

耶倶矢が意外そうに目を剝《む》く。夕弦は当たり前と言わんばかりに腰に手を当てた。

「当然。他に何があるのですか」

「だ、だって、他にこう、何かある流れでしょ⁉　それに原稿はもうどうしようもないじゃない！　どうしても上手《うま》く書けない日ってあるし、進まないものは進まないんだもん！」

「否定。それは思い込みです。上手く書けないと思っていても、一番大事なのはとにかくページを埋めることです。あとから読み返したらだいたいいつもと変わりません」

「モチベーション下がるようなこと言わないでーっ⁉」

悲鳴じみた声を上げ、耶倶矢が髪をくしゃくしゃとかき毟《むし》る。士道は苦笑しながら二人の間に割って入った。

「ま、まあまあ……仕事が大変なのはわかるけど、今日ぐらい……な？」

士道が言うと、夕弦は小さく肩をすくめながらほうと息を吐いた。

「吐息。まあ、いいでしょう。特別です」

「！　ほ、本当⁉」

「首肯。どうせ本当の締切は再来週ですし」

「は……ッ⁉　ちょ、えっ⁉」

夕弦の口から明かされた衝撃の真実に、耶倶矢が愕然《がくぜん》とした。

「何それ⁉　私知らないんだけど⁉　ていうかそれならこんなに焦《あせ》ることなかったじゃん！」

「睥睨《へいげい》。最初から本当の締切を伝えていたら、耶倶矢は再来週この状態に陥っていたでしょう」

「う……ッ！」

半眼で言う夕弦に、耶倶矢が声を詰まらせる。その状況に陥った自分を想像できてしまったのだろう。

……短いやり取りではあったが、今の耶倶矢と夕弦の関係性が端的にわかった気がする。

士道は凜祢と目を見合わせて苦笑した。

「ま、とにかく今日は楽しもうぜ。そろそろ全員揃《そろ》ったか？　なら乾杯を――」

と。

士道が言いかけたところで。

「――あら、あら、非道《ひど》いですわね。わたくしを待ってくださらないだなんて」

会場の扉が開き――そんな声が響いてきた。

「！　狂三《くるみ》!?」

「ええ、ええ。お久しぶりですわね、士道さん」

士道が名を呼ぶと、モノトーンのドレスを纏《まと》い、前髪で左目を覆い隠した少女が、ゆっくりとした足取りで歩いてきた。

時崎《ときさき》狂三。かつて『最悪の精霊』と呼ばれた彼女も、紆余《うよ》曲折《きょくせつ》を経て十香たちと同様に人間として社会生活を送っているのだった。

「随分遅かったじゃないか。何かあったのか？」

士道が尋ねると、狂三は頬に手を当てながら言葉を続けてきた。

「実は家を出る前に急患が来てしまいまして……」

「急患？」

普段の生活ではあまり使わない言葉に、士道は思わず聞き返した。

「狂三、もしかしておまえ……女医さんとかやってるのか？」

「いえ、看護師ですわ」

「白衣の天使ッ!?」

あまりにイメージの違う職業に、士道は思わず声を裏返らせた。一〇年前の狂三は白衣の天使というより黒衣の悪魔。まさに真逆である。

そんな反応を面白がるように、狂三がくすくすと笑ってくる。

「あら、何かおかしいんですの？」

「い、いや……別におかしいってことはないんだが……」

「ちなみに好きな言葉は安楽死ですわ」

「前言撤回！　やっぱりおかしい！」

恐ろしすぎて点滴の交換も任せられない。士道は顔を青くしながら首を振った。すると狂三が、さらに可笑《おか》しそうに笑みを濃くする。

「うふふ、冗談ですわよ。わたくしも、いつまでも昔のままではありませんわ。──今は仕事を通じて人の役に立つことに喜びを感じていますのよ」

「狂三……」

士道は、感慨深げに息を吐いた。一〇年という歳月は、やはり短いようで長い。あの恐ろしかった狂三の変化に、感動めいたものを覚えてしまう士道だった。

だが。

「──なので、もし士道さんが盲腸になった際には、是非わたくしの病院に入院してくださいまし。うふふ……丁寧に処理して差し上げますわ」

狂三がぺろりと唇を舐《な》め、士道の下腹部に視線を落としながら、剃刀《かみそり》を扱うような手つきをしてくる。

「いや何の処理だよ!? ていうか何だその手つき!」

「うふふ、いやですわ士道さん。盲腸の手術をする際、当該箇所に毛などが生えていると危険でしてよ」

狂三が妖《あや》しい笑みを浮かべると、そこに折紙が割って入ってきた。

「──待って。あなたには任せられない。士道の処理は私がする」

「お、折紙!?」

「あら、お久しぶりですわね折紙さん。──でェ、もォ、これは医療行為ですわ。免許のない方には任せられませんわねェ」

「何も問題はない。資格はすぐに用意する」

「用意するって何だ⁉　取るんじゃないのかよ⁉」

　士道はひとしきり叫びを上げると、疲れたようにため息を吐《つ》いた。

「……ったく、なんで乾杯前にこんなに体力使ってんだ、俺」

　言いながら、テーブルの上に並んだグラスを手に取り、皆を見回す。

「ともあれ、これで全員だよな？　とりあえず乾杯しようぜ。みんな何にする？」

　士道は並べられた飲み物のボトルを示しながら続けた。スパークリングワインやビールなどのアルコール類、それにジュースや烏龍茶《ウーロンちゃ》といったソフトドリンクが置いてある。

　と、皆が飲み物を物色し始めたところで、狂三が何かを思い出したように声を上げてきた。

「あ、そういえばわたくし、こんなものを持ってきたのですけれど」

　そう言って、持参していた鞄《かばん》から、高そうなボトルを取り出し、テーブルの上に置く。

「これは……？」

「見ての通り、ワインですわ。──ちょうど、一〇年ものでしてよ」

『……！』

　狂三がぱちりとウインクをしながら言う。皆が小さく目を見開いた。

「ふうん……何よ、随分と洒落《しゃれ》たことするじゃない」

「ええ。まさに今日この日に相応《ふさわ》しい一本です」

鞠奈と鞠亜がうなずきながらワイングラスをテーブルに置く。他の面々も、それに続いてグラスを並べた。

「うむ、私たちはもう大人だからな！　お酒を飲んでも大丈夫なのだぞ！」

「そうね。見た目あんまり変わらなくても成人だものね」

「そ、そうですね……じゃあ私も、少しだけ……」

「うふふ、そうこなくては、ですわ」

狂三は満足げに微笑《ほほえ》むと、人数分並んだグラスに、ルビー色の液体を注《つ》いでいった。

「ねえママ、りおのは？」

と、凜緒が凜祢の服の裾を引っ張りながら言う。凜祢は膝を折り、凜緒と目線を合わせるようにしながらそれに応じた。

「じゃあ、凜緒もぶどうのジュースにしよっか？」

「うん！」

凜祢がグラスに、ワインと同じ色のジュースを注ぎ、凜緒に手渡す。すると凜緒は、嬉《うれ》しそうに満面の笑みを浮かべた。

「いっしょ！　りおもママたちといっしょ！」

「ふふ、そうだね。一緒だね」

士道はその微笑ましい光景を見ながら、ワインの注がれたグラスを手に取った。

「じゃあ、再会を祝って。――乾杯！」

『乾杯！』

精霊たちが士道に続くようにグラスを高く掲げてから、その縁に唇を付ける。

「ん……」

が、士道はワインを飲む寸前で手を止めた。

凜緒が、斜めにしたグラスからジュースをこぼしそうになっているのを発見してしまったのである。

「っとと、危ない危ない。ほら凜緒、ストロー使いな。せっかく四糸乃お姉ちゃんに貰《もら》った服汚しちゃいけないしな」

「うん！」

凜緒が素直にうなずき、手渡されたストローを使ってジュースを吸い上げる。

と、ジュースを一口飲んだあと、凜緒は精霊たちの顔を見回すようにしてから、士道に視線を向けてきた。

「ねぇねぇ、パパ」

「ん？　なんだ？」

「このひとたち、パパのむかしのかのじょさんなの？」

「ぶッ⁉」

凜緒の言葉に、士道は思わず咳《せ》き込んだ。もしワインを口に含んでいたなら、盛大にルビー色の霧を吹いてしまっていたことだろう。

「り、凜緒？　家を出る前に言っただろ？　この人たちは、パパとママの大切な友だちなんだ」

「そうなの？」

「ああ。だから、凜緒が思っているようなことは――」

と、士道が言いかけたところで。

ターン！　と小気味のいい音を立てて、誰かのグラスがテーブルに叩《たた》き付けられた。

「私だって！　シドーと結婚したかったに決まっているだろう！」

「へ……？」

突然のことに目を丸くしながら振り返ると、そこには、顔を真っ赤にした、見るからに泥酔《でいすい》状態の十香がいた。

「……でも、でもだなぁ、凜祢と結婚すると言ったときのシドーが幸せそうだったから、私は……私は……ッ！」

くぅぅぅッ、と眉根を寄せ、十香がバンバンとテーブルを叩く。明らかに様子がおかしかった。

「お、おい、十香、落ち着けって。一体どうしたんだ？」

士道が十香を宥《なだ》めようとすると、今度はその隣にいた四糸乃が目に涙を浮かべ始めた。

「それなら……私だって……」

『そうそう！　四糸乃だって士道くんのこと好き好き大好き超愛してたんだから！』

「そう……もっと言ってよしのん」

「四糸乃まで⁉」

四糸乃もまた、十香と同様に顔が茹《ゆ》だったように真っ赤になっていた。

それだけではない。今し方乾杯をした面々が、次々と声を上げていったのである。

「それなら私だって！　カミングアウトしちゃうけど今書いてるシリーズの主人公は士道がモデルで、ヒロインは私だしッ！」

「同意。それは夕弦も同じことです。士道が凜祢との結婚を決めた日、祝い終わったあと一人で枕を濡《ぬ》らしていました」

「……私は今でも諦めていない。士道、私のもとにきて。きっと士道を幸せにしてみせる」

「それはわたしだって同様です。士道が結婚すると聞いたとき、わたしと鞠奈は生涯独身でいることを決めました」

「ちょ……っ、何勝手なこと言ってくれてるのよ。あたしは……ああ、うん……そうだったかも……」

「あっはっは、そんなの当然じゃないですかー。高校卒業と同時にだーりんが結婚しちゃった瞬間、私、同性婚ＯＫな国の国籍取得するしかないなーって思いましたもん！」

「ざっけんじゃないわよ！　私はあなたたちとはキャリアが違うのよ！　一体何年待ってきたと思ってんの！　義妹舐《な》めんじゃないわよ！」

などと口々に叫び始め、もうなんだか収拾がつかなくなる。

士道は慌てて狂三に視線を向けた。皆の様子が変わってしまったのは、明らかに狂三が持ってきた酒を飲んでからだった。

「お、おい狂三！　これはどういうことだ⁉　これ一体何の酒なんだよ⁉」

士道が言うと、狂三は状況を面白がるようにくすくす笑った。

「あら、言ったではありませんの。ワインですわよ。——まあ、ちょっとだけ酔いが回りやすくなるようにアルコールやその他諸々《もろもろ》を添加して度数を高めたお手製ではありますけれど」

「明らかにそれが原因じゃねえか⁉」

悲鳴じみた声で士道が叫ぶと、精霊たちが士道に詰め寄ってきた。

「シドー！」

「士道！」

「だーりん！」

「ちょ、ちょっと待ておまえら……⁉」

勢いに押されて士道が後ずさると、背後にいた何者かにぶつかった。——凜祢だ。

「凜祢！　一旦逃げよう。みんなの酔いが醒《さ》めるまで——」

だが。士道は途中で言葉を止めた。

凜祢が、皆と同様赤い顔をしながら、士道を後ろから抱きすくめてきたからだ。

「り、凜祢⁉」

「ふふ……士道、大好きだよ……」

「……ッ、そ、それはいいけど、今は……」

しかし凜祢は士道の言葉など聞かず、そのまま精霊たちに顔を向けた。

「みんなー、士道が好きー？」

『おーっ！』

凜祢の声に応え、精霊たちが手を突き上げる。

「士道を幸せにしたいかー！」

『おーっ！』

「じゃあみんなで、士道を幸せにしちゃおー！」

『よしきた！』

「お、おい……!?　ちょ、待っ……うわあああああああッ!?」

押し寄せる精霊たちにもみくちゃにされて、士道の意識は途絶えた。

◇

「……はっ！」

そこで、士道は目を覚ました。

ベッドから身を起こし、ほうと安堵《あんど》の息を吐《つ》く。

「……いやまあ何となく途中からそんな気はしてたけど」

なんとも奇妙な夢だった。まさか、凜祢と結婚して子供ができたあとの世界だなんて。

しかも、そのときの子供が、先日出会ったばかりの謎の少女、凜緒だったというのだから
らまた驚きである。……凜緒が士道のことを『パパ』だなんて呼ぶから、頭のどこかが凜緒を娘として認識してしまっていたのだろうか。

「…………」

士道は無言でベッドから降りると、机の中にある家の合い鍵を手に取った。

今士道が、そして精霊たちがいるのは、かつて士道たちを閉じ込めた結界、〈凶禍楽園《エデン》〉の中だったのだ。

主の意思によって事象がねじ曲がる空間。──かつて消えてしまった者たちが存在する、閉じられた世界。

──嗚呼《ああ》、それはまるで、今し方見ていた夢のようではないか。

「……いや。これは、夢なんかじゃない。夢であって……たまるもんか」

士道は鍵を握りしめると、階段を下りていった。

DATE A LIVE MATERIAL 2

デート・ア・ノベル

DATE A NOVEL

狂三ニューイヤー

Newyear KURUMI

TE A NOV

「んん――」

心なしか、空が高い。知らぬ間に凝り固まっていた肩が上げる小さな悲鳴を聞きながら、士道《しどう》は細く息を吐いた。

――一月一日。

ほんの一週間前まで盛大にジングルベルしていたとは思えない神妙な厳かさと、しかしそれを自覚しつつもなお抑えきれぬ浮ついた雰囲気が、街に満ちていた。

松飾りの施された家々。時折漏れ聞こえる正月番組の賑《にぎ》やかな音声や笑い声。羽根突きや凧揚《たこあ》げに興じる子供たち――は、さすがにこの辺りでは見受けられなかったけれど、街全体に、穏やかな空気が流れている。

まるでこの数日間だけ、時間の進み方がほんの少し遅くなっているかのような感覚。正月特有のその雰囲気が、士道は嫌いではなかった。いつもより人通りの少ない街路を歩きながら、空を仰ぐようにもう一度伸びをする。

「む？　どうしたシドー、疲れたのか？」

と、そんな士道の様子を見てか、隣を歩いていた十香《とおか》が顔を覗《のぞ》き込んでくる。

彼女の今の装《よそお》いは、普段のそれとは異なっていた。煌《きら》びやかな振袖に、精緻な装飾の施された髪飾り。まさにお正月といった格好である。恐らく袖を通すのは初めてだろうに、不思議と様になっていた。

「大丈夫……ですか？」

『あー、まあ神社人多かったからねぇ。ご参拝するまでに随分並んだしー』

そのまた隣を歩いていた四糸乃《よしの》と、その左手のパペット『よしのん』が、十香に続くように言ってくる。彼女らもまた、揃《そろ》いの可愛《かわい》らしい晴れ着に身を包んでいた。

無論、彼女らだけではない。今一緒に歩いている精霊たち――琴里《ことり》、折紙《おりがみ》、耶倶矢《かぐや》に夕弦《ゆづる》、美九《みく》、七罪《なつみ》も、同様に綺麗《きれい》な着物を纏《まと》っている。まあ中には、動きづらいからといってダウンジャケットにデニムパンツという格好をした二亜《にあ》のような精霊もいたのだけれど。

『よしのん』が言うように、士道たちはつい先ほど皆で初詣を終え、家に帰るところだった。あまり自覚はしていなかったのだが、よほど疲れた声を発してしまったのだろうか。

苦笑しながら視線を元に戻す。

「はは、大丈夫だよ。そういうわけじゃない。なんていうか――みんなで初詣っていうのもいいもんだなって思ってさ」

「おお、確かにそうだな。あのがらんがらんというやつは楽しかったぞ！」

言って、十香が両手で何かを摑《つか》むような動作をしながら腕を振る。どうやら神社の鈴が気に入ったらしい。

　そんなコミカルな動作に士道が微笑《ほほえ》んでいると、前方を歩いていた琴里が小さく肩をすくめてきた。

「ま、去年の初詣は私と二人きりだったものね。悪かったわね寂しくて」

「お、おいおい……」

　拗《す》ねたようなその言葉に、思わず頬に汗を垂らす。すると琴里はそんな士道の顔が可笑《おか》しくてたまらないといった様子でぷっと噴き出し、「冗談よ」ともう一度肩をすくめた。

「――あら？」

と、そこで、琴里が何かに気づいたようにピクリと眉を動かす。

「ん？　どうかしたか？」

「いえ、これ……」

　言って、道沿いにあった長い階段――正確には、その上にあるものを指さす。

　士道はその指先を追うように視線を動かし、そこにあるものを見て目を丸くした。

「鳥居……？」

　そう。長い長い階段の頂上に、小さくではあるが赤い鳥居が見えたのである。

「やっぱりそうよね。……こんなところに神社なんてあったかしら？」

「いや、どうだったかな……」

　士道は首を捻《ひね》った。そもそもこの道自体がそう頻繁に通る場所ではないため、あまりはっきりとは風景を覚えていなかったのである。

「ほう、神社か！」

　と、士道と琴里が記憶を掘り起こすように腕組みしていると、後方からそんな元気のよい声が聞こえてきた。――耶倶矢だ。

「面白い。ならば今一度、運命のピースを手繰《たぐ》り寄せてくれるわ！」

「へ……？」

　耶倶矢の言っていることが今ひとつわからず目を瞬《しばたた》かせていると、その隣にいた耶倶矢と瓜二《うりふた》つの少女、夕弦が声を上げてきた。

「翻訳。耶倶矢は、先ほどの神社で行った夕弦とのおみくじ勝負で見事な負けっぷりを晒《さら》してしまったため、もう一度やり直しがしたいと言っているのです」

「う、うっさいし！　そんな言うほど差はなかったし！　大吉と中吉なんて誤差みたいなもんじゃん！」

「指摘。中吉は大吉の次ではなく、吉の次ですよ」

「えっ、嘘《うそ》」

よほど意外だったのだろう、耶倶矢が先ほどまでの勢いを忘れたようにキョトンと目を丸くする。

だが、すぐに気を取り直すように首をブンブンと横に振ると、晴れ着の長い袖を振り乱しながら妙に格好いいポーズを取ってみせた。

「ふ、ふん！　些末《さまつ》なことよ！　此度《こたび》の勝負、それ以上の差で勝てばよいだけの話なのだからな！」

「応戦。後出しで勝負を追加するのは正直ずるっこですが、夕弦もおみくじを引くのは嫌いではありません。受けて立ってあげましょう」

「ふ、その慢心、後悔させてくれるわ！」

などと言葉の応酬をし、火花を散らし合った二人は、合図をするでもなく同時に地面を蹴った。

「あっ、二人とも――」

士道が二人に声をかけようとするも――遅い。二人は着物に草履とは思えないスピードで、長い階段を駆け上がっていってしまった。

「はぇー、相変わらず元気だねぇ」

「動きに無駄がない。動機は無駄そのもの」

後方にいた二亜と折紙が、小さくなっていく八舞《やまい》姉妹の背を視線で追いながら目を細める。同様にその背を見送った士道は、苦笑しながらぽりぽりと頬をかいた。

「仕方ない。二人だけ置いていくわけにもいかないし、俺たちも行くか」

「えぇ……この階段上るの？」

士道の言葉に、七罪が面倒そうな顔をする。

すると次の瞬間、その背後にいた美九がキュピーン！　と目を輝かせた。

「えっ、もしかして七罪さんお疲れですか⁉　よかったら私がおんぶしてあげましょうか⁉　抱っこでもいいですよ⁉　お姫様とコアラどっちがいいですか⁉」

などと、両手を広げ鼻息を荒くしながら美九が迫る。七罪は猛烈な勢いで頭を振ると、階段を上り始めた。

「い、いい……自分で歩けるから」

「あーん！　そんなぁ……、でも、階段を上る七罪さんを下から見上げるというこのアングルもなかなか……」

「ヒッ」

七罪と美九が追いかけっこをするように階段を駆け上がっていく。士道は力なく笑いながらそれを見送ると、皆を伴ってその後に続いた。

「――よいしょっ……っと」

階段を踏破すると、大きな鳥居が士道たちを出迎えてくれた。

鳥居の先には立派な朱の門が聳《そび》え、その向こうには広大な境内が広がっている。その豪壮な佇《たたず》まいに、士道たちは思わず感嘆の息を吐いた。

「おお、凄《すご》い神社ではないか」

「ああ、思ったより広いな……こんな辺鄙《へんぴ》な場所なのに」

十香の言葉にうなずきながら門をくぐり、改めて辺りを見渡す。規則正しく敷き詰められた石畳。流麗な造りの建造物。門の裏で美九に情熱的なベアーハッグを食らう七罪。

……一部気になった箇所はあるものの、総じて手入れの行き届いた綺麗な境内だった。

が――

「んー？」

そこで、後方にいた二亜が、不思議そうな声を発してきた。

「ねーねー少年。あれって狛犬《こまいぬ》……だよねぇ？」

「え？」

士道はそう返しながら、二亜の指が示す方向へと視線をやった。

石畳で構成された道の両脇に、動物を象《かたど》った一対の石像が鎮座している。片方は口を開き、片方は閉じ、道を通るものに視線を送ってきている。その特徴のみを挙げれば確かに狛犬に違いないのだが——

「……猫？」

士道は眉根を寄せながら首を捻った。そう。そこにあったのは、どこからどう見ても可愛らしい猫の像だったのである。口を開けた方の像などは、背筋を伸ばしたあくびにしか見えなかった。

「だよねぇ。ほぇー、めっずらしい。こんなのもあるんだ。狛猫《こまねこ》……っていうのかにゃ？資料用に写真撮っとこ」

二亜が興味深そうな顔をしながらスマートフォンを取り出し、パシャパシャとシャッター音を響かせる。そんな様子を見ながら、琴里がふむとあごを撫《な》でた。

「まあ……お稲荷《いなり》さんなんかには狐《きつね》の像があるしね。祀《まつ》っている神様によってバリエーションがあるのかしら」

『なっるほどー。えっ、じゃあ日本中探せば狛《こま》ウサギのある神社も？』

『よしのん』が、何やら興奮したように身体《からだ》を揺する。

「あー、確かどこかにあったと思うわよ。埼玉の方だったかしら?」

『マジかー! これは今度行かざるを得ないね四糸乃ー!』

「う、うん!」

四糸乃が嬉《うれ》しそうにうなずく。士道はそれを微笑ましげに見てから、境内の方に目を向けた。

「まあ、せっかくここまできたんだし、参拝して帰ろうか。ええと……耶倶矢と夕弦はどこだ?」

「——あそこ」

士道の言葉に応えるように、折紙が境内の端を指さす。確かに、おみくじを結んでおく場所の前に、鮮やかな橙《だいだい》色の着物を着た二人の背が見えた。

「お、もうおみくじは引き終わったのかな? おーい、耶倶矢、夕弦ー」

手を振り、名を呼びながらそちらに歩み寄っていく。

するとそれに気づいてか、耶倶矢と夕弦が同時にこちらに振り向いてきた。——ただし、双方何やら困惑したような表情で。

「ん……? 何かあったのか、耶倶矢、夕弦」

「おみくじ……売り切れてたんですか?」

四糸乃が問うと、耶倶矢と夕弦は小さく頭を振った。

「いや、そういうわけじゃないんだけど……」

「終戦。第二回おみくじ対決はつつがなく終わりました。結果は夕弦・大吉、耶倶矢・凶のコールドゲームです」

「わっ、わざわざ言わなくていいし……！」

耶倶矢が焦《あせ》ったように叫び、しかし気を取り直すように頭をかく。

「……まあいいわ。それより、引いたおみくじが、なんかちょっとおかしいのよ」

「おかしい？　どんな風に？」

「ん」

「提示。どうぞ」

言って、耶倶矢と夕弦が手にしていたおみくじを示してくる。

士道はそれを覗《のぞ》き込み……思わず眉をひそめた。

「……なんじゃこりゃ」

それはそうだ。確かに夕弦の言うとおり、夕弦は大吉、耶倶矢は凶だったのだが、そこに書かれていたのが、

『大吉。気になるあの方が、美味《おい》しそうに育ってくれますわ』

『凶。猫さんに引っかかれてしまうかもしれませんわ……』

という、なんともよくわからない文言だったのである。

「だよね！　意味わかんないよね⁉」

「難解。何か神道《しんとう》的な比喩表現なのでしょうか……」

「う、うーん……でも何だろうな。この言い回し、どこかで聞いたような……」

と、士道が腕組みしながら唸《うな》っていると──

「──あらあら、珍しいお顔が揃《そろ》っておられますわね」

突然、背後からそんな声がかけられた。

「……⁉」

「な──」

士道と精霊たちは肩を震わせると、一斉にそちらに振り向いた。

そして、いつの間にかそこに現れていた少女の姿を見て、これまた一斉に目を丸くする。

左右不均等に括《くく》られた黒髪に、白磁の肌。端整な面に鎮座する双眸《そうぼう》は、その片方が金色の時計盤となっていた。

そんな特徴を有する少女など、一人しかいない。——狂三《くるみ》。時崎《ときさき》狂三。最悪の精霊と謳《うた》われた少女が、そこに悠然と立っていたのである。

しかも、それだけではない。彼女の装《よそお》いは、いつものような霊装ではなく、蓮華《れんげ》の紋様で飾られた紅《あか》い晴れ着であった。その見慣れぬ様相に、士道はしばしのあいだ言葉を失ってしまう。

「狂、三……？　なんでこんなところに！」

どうにか落ち着きを取り戻し、問う。すると狂三は、意外そうな顔をしながら首を捻《ひね》ってみせた。

「あら、あら。異なことを仰いますわね。わたくしから言わせていただければ、士道さんたちがこの時崎神社にいる方が驚きなのですけれど」

「と、時崎……神社……？」

その名に、士道が困惑した表情を作ると、狂三は「ええ、ええ」とうなずきながら続けてきた。

「読んで字の通り、わたくしたちの、わたくしたちによる、わたくしたちのための神社ですわ。普通の人は入ってこられないはずなのですけれど……やはり精霊さんたちは特別のようですわね」

「狂三のための……神社？」

「ええ。なにぶん数が多いもので。諜報《ちょうほう》目的で天宮市《てんぐうし》周辺に潜ませている『わたくしたち』が普通の神社に集まったら、不自然に目立ってしまいますでしょう？　とはいえ、『わたくしたち』も年に一度の初詣くらいは楽しみたい……というわけで、専用の神社を作ってしまったのですわ」

「な、なるほど……？」

理解できたような……できないような。曖昧な感覚のまま士道がうなずくと、狂三が何かに気づいたように顔を鳥居の方に向けた。

「──ほら、ちょうど参拝客が参られますわよ」

「え……？」

言われて後方を向くと、先ほど士道たちが入ってきた門の方から、幾人もの少女たちがやってくるのが見て取れた。皆綺麗《きれい》な着物を身に纏《まと》い、きゃいきゃいと楽しそうに談笑している。

なんとも和やかなお正月の光景である。──その少女たちが、全て同じ顔をしていなければの話だが。

「お、おお……」

「なかなか凄《すさ》まじい光景ね……」

精霊たちが戦《おのの》くように頰に汗を垂らす。無論、狂三が何人もの分身体を有しているということは知っていたのだが……このようなシチュエーションで改めてそれを目《ま》の当たりにすると、その異常性が際立《きわだ》って見えるのであった。

「──それで」

と、狂三が不意にニッと唇の端を上げ、士道たちの顔を順繰りに視線で睨《ね》め回す。

「士道さんたちは一体何のご用でいらっしゃいましたの？　そんな無防備なご様子で、無数のわたくしたちが集うこの神社に」

『──ッ！』

不敵な狂三の言葉に、士道たちは身を強《こわ》ばらせた。

予想外の光景に呆気《あっけ》に取られてしまっていたが、よくよく考えればこれは非常に危うい状況だ。狂三は士道の身に封印された霊力を奪うことを目的としている。そして辺りには無数の狂三。図らずも、敵陣の中に迷い込んでしまったようなものである。

が、士道が緊張に汗を滲《にじ》ませていると、やがて狂三が堪《こら》えきれないといった様子で笑い始めた。

「ふふふ、冗談ですわ」

「へ……？」

「こんな日にことを構えようというほど、無粋なつもりはありませんわ。それに、そちらには手加減を知らない精霊さんが何人もおられますし。せっかく作った神社が壊されてしまうのも困りますもの」

言って、狂三がくすくすと笑う。その言葉に、一同はとりあえず安堵《あんど》した。

「そ、そうか……」

「粗暴さが抑止力となることもある。十香、耶倶矢、夕弦、琴里。あなたたちのおかげ」

「な、なんだと!?」

「ちょっと待て、聞き捨てならぬぞ！」

「抗議。訂正を求めます」

「ていうか今までの被害規模でいったらあなたが一番ヤバいからね折紙!?」

折紙がぽつりと零《こぼ》した言葉に、精霊たちの抗議が飛ぶ。そんな様子を見てか、狂三がさらに可笑《おか》しそうに笑った。

「うふふ、本当に賑《にぎ》やかですわね。――せっかくの機会ですし、神社を簡単に案内しますわ。見ていってくださいまし」

「あ、いや、俺たちは……」

「あら。──お嫌でして？」

狂三が、脅しをかけるように目を細めてくる。士道は小さく指先を震わせたのち、諦めたように息を吐いた。

「……お言葉に甘えるよ」

「うふふ、そうですの」

狂三が、なんとも楽しげにくるりと身体《からだ》の向きを変え、士道たちを誘うように手を振ってくる。

「では、まずはこちらですわ。ついてきてくださいまし」

『………』

士道たちは一瞬顔を見合わせると、仕方ない、とうなずき合い、狂三のあとをついていった。

「──あら、あら？」

すると、境内にやってきていた分身体たちも士道たちの存在に気づいたらしい。目を丸くしながら好奇の視線を向けてくる。

「士道さんたちではありませんの」

「士道さんも参拝に参られましたの？」

「きゃー！　こっちを向いてくださいましー！」

などと、もう軽いアイドル扱いである。士道は妙な居心地の悪さを覚えながらも、苦笑じみた笑みを浮かべて小さく手を振った。

と、そこで前方の狂三が、歩きながら右手を向く。

「あちらに見えるのが授与所ですわ。簡単に言うと、お守りなどを売っている場所ですわね」

「へえ、お守りなんかも売ってるんだな」

「ええ。ちなみに一番人気は『長寿祈願』のお守りですわ」

「…………そ、そうか」

分身体とは、狂三の天使〈刻々帝《ザフキエル》〉によって生み出された過去の狂三の再現体。再現の際に使用された時間分しか活動できない限られた命という話だ。……なんとも切実というか、軽々にはリアクションしがたいチョイスだった。

「そしてこちらが、絵馬掛所ですわ」

次いでそう言って狂三が足を止め、前方の掛所にかけられた無数の絵馬を示してくる。

「おお……意外とちゃんとしてるんだな」

士道はそちらに歩み寄ると、掛けられている絵馬に視線をやり――ぴくりと眉を揺らした。

　だがそれも無理からぬことだろう。何しろその絵馬に書かれていたのは、

『今年こそ、士道さんの霊力をいただけますように。時崎狂三』

『士道さん、覚悟していてくださいまし。時崎狂三』

『きひひひ。きひひひひひひ。きひひひひ。時崎狂三』

という、なんとも物騒な願い事や目標ばかりだったのだから。

　しかも中には、ご丁寧にイラストが付いているものまである。だいたい士道が狂三に捕まっていた。どう反応していいかわからず、士道は渋面を作る他なかった。

「ん……？」

　と、そこで気づく。絵馬の裏に、とある動物が印刷されていたのである。

「あれ、絵馬に描かれてるのも猫なのか？」

「ええ。今年は猫年ですもの」

「ああ、そうだっけ……って、ん？」

　あまりに自然に言われたものだから首肯しかけてしまったが、すぐに違和感に気づく。

　干支《えと》は、子《ね》、丑《うし》、寅《とら》、卯《う》、辰《たつ》、巳《み》、午《うま》、未《ひつじ》、申《さる》、酉《とり》、戌《いぬ》、亥《い》の一二種だ。当然、猫は入っていない。士道は不思議そうな顔をしながら首を傾《かし》げた。

「猫年……？」

「ええ、ええ。――干支が定められたときの猫さんのエピソードはご存じでして？」

「あー……聞いたことがあるような……」

　士道が頰をかきながら言うと、折紙が補足をするように声を上げてきた。

「――元日の朝、神のもとに至った者一二名を、順にその年の守り神にするというお触れが出された。けれどそのとき、猫はネズミに噓《うそ》の日付を教えられ、干支となることができなかったと言われている」

「その通りですわ！」

　折紙の言葉に、狂三が熱っぽく叫びを上げる。

「憎らしい小ネズミの奸計《かんけい》によって、かわいそうな猫さんは干支になれなかったのですわ！　けれどそれではあまりに哀れ……ということで、時崎神社では、外界の干支にかかわらず、猫年を祝っているのですわ」

「な、なるほど……？」

　正直なぜそこまで入れ込むのかはよくわからなかったが、まあ狂三しか使わない神社であれば問題もないだろう。あまりセンシティブな領域に踏み込むのも危険と感じて、士道はとりあえず納得を示しておいた。

すると、落ち着きを取り戻したらしい狂三が居住まいを正し、気を取り直すようにこほんと咳払《せきばら》いをする。

「取り乱しましたわ。――では、次に参りましょう」

次に連れていかれたのは、神社の本殿であった。大きな賽銭《さいせん》箱に、色とりどりの縄が下がった鈴。奉納幕には、らしいというか何というか、時計を模した紋が描かれている。

ちなみに、本殿に至るまでの道は無数の分身体が列を成していたのだが、士道たちがやってくるなり、モーセが割った海のごとく左右に分かれて道を空けてくれた。……ありがたいことはありがたいのだが、やはりなんだか落ち着かなかった。

「こちらが本殿でしてよ。中に祀《まつ》られているのは時崎大明神。御利益《ごりやく》は主に時間の有効活用とアンチエイジングですわ」

「なんか後半温泉の効能みたいになってるな……」

「うふふ、効果は抜群でしてよ。よければ皆さんも参拝していってくださいまし」

「ああ、まあせっかくだしな……」

言って、賽銭箱の前へ歩いていこうとすると、不意に十香が「む」と声を発してきた。

「シドー、参拝するのは構わんのだが、先ほどの神社で五円玉を使ってしまったぞ」

「あ、そうか」

言われて、思い出す。そういえばそうであった。

別にお賽銭はいくらと定められているわけではないのだけれど、『五円』が『ご縁』に通ずるということで、縁起がよいとされているのだ。そのため、財布にあった五円玉は先ほどの初詣で全て使い切ってしまっていたのである。

とはいえ正式な神社でもなし、別にそこまでこだわる必要はないだろう。士道がそう返そうとすると、狂三がくすくすと笑い声を上げた。

「安心してくださいまし。時崎神社は参拝の際、お賽銭を投げ入れなくてもよいことになっておりますの」

「へえ、そうなのか？」

「ええ、ええ。その代わり、お賽銭箱の前に蟠《わだかま》った影を踏んで、捧《ささ》げる時間を宣言して参拝してくださいまし。そのぶん皆さんの時間をいただきますので――」

「ちょっと待てぇぇぇぇッ！」

あまりにさらっと告げられた言葉に、士道は悲鳴じみた声を上げた。

「あら、いかがされまして？」

「いかがも何もねぇっ！　賽銭の代わりに時間を取る気か⁉」

「時崎神社ですもの。ちなみに『十分な御利益がありますように』ということで、一〇分ぶんの時間を捧げる『わたくしたち』が多いですわね」

「実在しそうな語呂合わせしやがって！　絶対に参拝しないからな！　ていうか分身体たち、長寿祈願のお守り買ってるのにやってること矛盾してないか!?」

と、士道が叫びを上げていると、正面の狂三とは別の方向から、他の狂三の声が聞こえてきた。

「──あらあら、騒がしいと思えば、士道さんが来られていましたの」

言いながら、本殿の方から巫女《みこ》さんのような格好をした狂三が、ゆったりとした足取りで歩いてくる。

「！　おまえは……」

「ああ、申し遅れましたわ。わたくし、この時崎神社を管理、運営する分身体・時崎狂三ですわ。以後お見知りおきを」

「あ、ああ……」

「ちなみに普段は、士道さん監視班・木曜日を担当しておりますわ」

「えっ、俺ローテーション組んで監視されてるの!?」

知りたくない真実だった。思わず声を裏返らせる。なぜか琴里と折紙が忌々《いまいま》しげにチッと舌打ちをした。

が、巫女狂三はさして気にする様子もなく、晴れ着姿の狂三に視線を向ける。

「──さて『わたくし』、今年もそろそろ『あれ』をやろうと思うのですけれど」

するとその瞬間、辺りに集まっていた分身体たちが、一斉にざわつき始めた。

「きひひ、ひひ。待っていましたわ」

「今年こそはわたくしが……」

「なんの、負けませんわよ」

などと、何やら皆、自信ありげに微笑《ほほえ》んだり、軽く手や足の柔軟運動を始めたりする。

その妙な雰囲気に、精霊たちは頭に疑問符を浮かべた。

「……『あれ』?」

「一体何をするっていうの?」

「きひひひ。毎年時崎神社で開催される、とてもとても楽しいイベントですわ」

晴れ着姿の狂三が、ニイッと笑いながら答えてくる。

今ひとつ要領を得ない回答であったが、なんとなく危険そうな雰囲気を察するには十分だった。巻き込まれないうちに退散するべく、精霊たちの肩を叩《たた》こうとする。

が、そんな士道の意図を察したのか、それともただの偶然か、巫女狂三が、何かを思いついたようにポンと手を打った。

「ああ、ああ、そうですわ。せっかくですし、士道さんたちにも参加していただいてはいかがでして？」

「な……っ⁉」

まさかの提案に、士道は息を詰まらせた。

しかしそんな士道とは裏腹に、辺りに溢《あふ》れた分身体たちが、わぁっと一斉に色めき立つ。

「まあ、まあ！」

「それは素敵ですわね！」

「滾《たぎ》りますわ、滾りますわ！」

その波は熱狂となって、一瞬のうちに境内を包み込んでいった。もはや、参加したくないとは言えない雰囲気である。

「さぁ——では士道さん。ご案内いたしますわ」

そんな様子を楽しげに眺めてから、晴れ着姿の狂三がいやににこやかな顔を士道に向けてきた。

◇

「——と、言うわけで、『わたくしたち』お待ちかね、今年の福狂三選びの始まりですわー！」

『ですわぁぁぁぁぁぁぁぁぁぁぁぁっ！』

朱の門の上に乗った巫女狂三の声に、無数の分身体たちが唱和する。

周りを見やると、何やら皆たすきをかけたり、裾を捲《まく》り上げたりと、動きやすいよう着物にカスタマイズを施していることがわかる。中には節操なく草履を脱ぎ捨て、スニーカーを履いている個体さえいた。

そんな中、呆気《あっけ》に取られるしかないのは士道たちである。未《いま》だ状況が理解できないまま、無数の分身体たちにぎゅうぎゅうと押しくらまんじゅうされていた。

今士道たちがいるのは、境内の外、先ほどくぐってきた門の前である。士道たちが境内から追い出されると同時に門は固く閉ざされ、その前に所狭しと分身体たちが集められていた。実際人数が多いため全員はその場に収まりきらず、鳥居の向こうや階段の方にまで分身体の姿が見受けられる。

「福……狂三……？」

士道が呆然《ぼうぜん》と呟《つぶや》くように言うと、耳ざとくそれを聞き取ったらしい晴れ着姿の狂三が視線を向けてくる。ちなみにこの狂三は、周囲の分身体たちとは異なり、未だ優雅な晴れ着スタイルを崩していなかった。

「ええ、ええ。門が開くと同時に競走をし、一番早く本殿に辿《たど》り着くことができた『わたくし』が、今年の福狂三ですわ」

「──理解した。要は福男選びということ」

得心がいったように折紙がうなずく。──そういえば士道もテレビで、境内の中を疾走する参拝客たちの映像を見たことがある気がした。

「まあ、つまりはそういうことですわ。けれど、激しさは福男選びの比ではありませんわよ。あまりに熾烈《しれつ》なデッドレースに、毎年負傷者が出ますわ」

「な、なんでわざわざそんなに危険なことを……」

士道が頬に汗を垂らしながら問うと、晴れ着姿の狂三はパチリとウインクをしながら続けてきた。

「うふふ、福狂三に選ばれた個体には、その年いいことが起こると言われていますの」

「いいこと？」

「ええ。たとえば、士道さんの監視ローテーションに入れたり」

「いやに具体的な福だな⁉」

そもそもそれは福なのだろうかとも思った士道だったが、言っても無駄だと判断して口には出さなかった。……というかそもそも監視を止《や》めてほしかった。

とはいえ、その情報はあながちマイナスばかりというわけでもない。監視ローテーションが福かどうかはさておいて、それはあくまで分身体たちにのみ適用されるものである。士道たちが一位になったところで、おまじない程度の効果しかあるまい。

ならば、わざわざ危険を冒す必要もない。早めに先頭集団から離脱して、無理なく境内を走るくらいで済むだろう。

実際、琴里や折紙たちも同様のことを考えたようで、言葉にこそ出さないものの、ちらとアイコンタクトを交わしていた。……まあ、ルールを聞いてからかえって目を輝かせている耶倶矢や夕弦のような精霊もいたのだけれど。

が、そこで門の上に立つ巫女狂三がニッと微笑んだかと思うと、精霊たちの方に視線を落としてきた。

「さて、今年は、士道さんに精霊さんたちも参加されていますわ。——となれば、『わたくしたち』と同様の福というわけにもいきませんわね。であれば……」

そして、指揮者のように人差し指をくるくる回しながら、続けてくる。

「もし『わたくしたち』以外の精霊さんが福狂三になったなら、『わたくしたち』が情報収集の過程で偶然摑《つか》んでしまった、士道さんの秘蔵情報をお教えする、というのはいかがでして？」

『…………ッ!?』

　巫女狂三の言葉に。

　精霊たちの纏《まと》う雰囲気が、ピリッと引き締まるのがわかった。

「士道の……」

「秘蔵情報……？」

「い、いやいやいや、ちょっと待てよ!?　そんなもののためにわざわざ危険なレースに挑む必要ないだろ!?　ていうか何の情報か知らないけど、俺には何の得もないよな!?」

　士道が涙目で声を上げると、巫女狂三は可愛《かわい》らしい仕草であごに一本指を触れさせてみせた。

「そうですわね、士道さんは――」

「俺は……？」

「他の方に秘蔵情報を知られたくなかったら、頑張って一位を取ってくださいまし☆」

「俺だけ条件が悪すぎる!?」

　抗議の声を上げるも、巫女狂三に取り合うつもりはないようだった。片手に、何やら紅白の飾りの付いた短銃（破魔矢ならぬ破魔銃というらしい）を顕現させ、それを天高く掲げてみせる。

「では――開門ですわッ！」

言って巫女《みこ》狂三が耳を塞《ふさ》ぎながら、短銃の引き金を引く。

パァン！　という高い音が鳴り響き、固く閉ざされていた門が開け放たれた。

『――ですわぁぁぁぁぁぁぁぁぁぁぁッ！』

すると、門の前に集まっていた分身体たちが、それを待っていたと言わんばかりに叫びを上げ、怒濤《どとう》のような勢いで一気に境内へとなだれ込んでいった。

「わ……っ！　ああもう、行くしかないか……！」

士道は途方もない理不尽を感じながらも、呻《うめ》くように言った。

このまま足を止めていては分身体の波に呑《の》み込まれてしまうし、何より自分でも見当が付かない秘蔵情報とやらを公開されてしまうやもしれなかった。いくら既にプライバシーが踏み荒らされていようと、士道も年頃の男の子なのだ。どんな情報かは知らないが、どうかご勘弁願いたいところだった。

と――

「！　士道！　危ない！」

刹那、琴里の声が響き渡ったかと思うと、士道はドンと後方から突き飛ばされた。

「わ……っ!?」

次の瞬間、今の今まで士道の足があった場所に、漆黒の影が生じ、そこから白い手がぬっと飛び出てくる。——まるで、士道の足を摑もうとするかのように。

「きゃ……っ！」

「な、なにこれ……！」

「ぬわーっ！」

「きゃぁぁぁっ！　あっ、でも細指の感触は気持ちいいですぅぅ！」

「く——」

士道が目を丸くしていると、左右と背後からそんな声音が響いてくる。どうやら、飛び退《の》くのが遅れた四糸乃、七罪、二亜、美九、そして士道を助けた琴里が、地面から生えた手に足を取られてその場に転んでしまったらしい。

「あ、申し遅れましたけれど、今回参加していない『わたくしたち』の一部は、アトラクションとして妨害役をしていますわ」

「ホントに言うのが遅い！　ああもう——ありがとう琴里！　おまえの助け、無駄にはしないぞ！」

士道は巫女狂三の、特に悪びれてもいない声を聞きながら、門をくぐって境内へと入っていった。

「大丈夫か、シドー！」

「──油断も隙もない」

どうにか難を逃れたらしい十香と折紙が、士道の隣を走りながら言ってくる。士道は周囲のスピードについていくため必死で腕と足を振りながら、どうにか返事を返した。

「あ、ああ……でも、かなり離されちまったな……！」

士道は顔をしかめて、石畳の上をひた走る分身体たちの群れを見やった。もうすでに先頭グループとは一〇メートル近い差が付いてしまっている。これが長距離走であれば話は別だが、さすがにここから挽回《ばんかい》するのは難しいかもしれなかった。

が、そんな中、黒と赤で塗りつぶされた先頭グループに食い込む、二つの影があった。

──耶倶矢と、夕弦だ。

「呵々《かか》！　颶風《ぐふう》の御子《みこ》たる八舞に疾《はや》さで勝負を挑もうとはな！」

「愚行。夕弦たちの力、とくと見せてあげます」

高らかに叫びながら、二人が分身体たちの合間をすり抜けるようにしてどんどん順位を上げていく。

スタートこそ狂三たちが勝っていたものの、トップスピードは明らかに八舞姉妹が上であった。このペースなら、本殿に至るときには一位に躍り出ているだろう。

「く――」

「やりますわね、耶倶矢さん、夕弦さん」

「でェ、もォ――」

しかし、次の瞬間。二人の前方を走っていた分身体たちがニッと笑ったかと思うと、急に壁を作るように両手を広げ、その場で足を止めた。

「な……ッ!?」

「狼狽《ろうばい》。これは――」

突然のことに、耶倶矢と夕弦が戸惑いの声を上げ、そのまま網にかかる魚の如《ごと》く分身体たちの壁に激突してしまう。その間に、他の分身体たちが本殿へと走っていった。

「こ、この、何をする！」

「卑劣。自分の勝ちを捨ててまで妨害がしたいのですか」

耶倶矢と夕弦が、忌々《いまいま》しげに声を上げる。すると壁を形作っていた分身体たちがきひひと笑った。

「愚問ですわね。わたくしたちとて、己の勝利こそが最良――」

「けれど、別の精霊さんに福狂三の座を奪われるくらいなら」

「他の『わたくし』に勝ちを譲りますわ！」

「く……っ、おのれ──！」

「邪魔。そこを退《ど》いてください」

耶倶矢と夕弦が、壁を押しのけようと分身体たちと押し合いをし始める。

士道は、段々と近づいてくる二人の背に声を投げた。

「耶倶矢、夕弦！」

「！　あ、士道！」

「確認。十香とマスター折紙も来ましたか」

耶倶矢と夕弦はちらと後方を振り向いて士道たちの顔を見ると、すぐに顔を見合わせて同時にこくりとうなずいた。

「十香！　折紙！　手を貸すがよい！　五秒で構わぬ、こやつらを抑えるのだ！」

「反撃。これだけ差を付けられてしまっては、いくら夕弦たちとはいえ逆転は難しいでしょう。ですが、やられっぱなしというのは性に合いません」

叫びながら、二人が後方へと飛び退く。

「……！　うむ！」

「──わかった」

十香と折紙は瞬時に状況を判断したようにうなずくと、八舞姉妹と入れ違いになるような格好で、なおも妨害を試みてくる分身体たちを抑えにかかった。

耶倶矢と夕弦がそれを視界の端で確認するようにしながら、士道の方へとやってくる。

「耶倶矢、夕弦。一体何をするつも——」

と、そこで士道は言葉を止めた。

しかしそれも当然である。何しろ耶倶矢と夕弦が同時に士道の腕をむんずと摑んだかと思うと——

「はぁッ！　今こそ我らが必殺の！」

「秘技。士道バリスタです」

そのまま渾身《こんしん》の力を込めて、士道の身体《からだ》を前方にびゅんと放り投げたのだから。

「うわぁぁぁぁぁぁぁッ⁉」

精霊二人の膂力《りょりょく》と、二人が巻き起こした風によって、士道の身体が紙飛行機のように軽々と飛んでいく。

そしてそのまま、境内に犇《ひし》めく無数の分身体の頭を一気に飛び越え、本殿へと向かっていった。

「な……っ！」

「士道さん……⁉」

「ですわー!」

眼下で分身体たちが、驚愕《きょうがく》の表情をしながら士道を見上げてくる。

が、士道自身にも余裕は微塵《みじん》もなかった。何の準備もなく放り投げられたものだから、上手《うま》くバランスが取れず、ぐらんぐらんと視界が揺れる。

しかも、この軌道では本殿まではギリギリ届きそうになかった。ほんの僅かであるが、恐らく飛距離が足りない。

無論、上手く着地して駆け出せばそれで済む話なのだが、今この状況で綺麗《きれい》に着地を決められるとは思えなかった。恐らく本殿手前の石畳に墜落し、よろよろと身を起こしている間に、分身体たちがゴールインしてしまうだろう。

が、士道が酔いそうな視界の中そんなことを考えていると――

「――きひひひ、甘いですわね『わたくしたち』。今年の福狂三はわたくしで――」

と、本殿の目前の地面に黒い影が蟠《わだかま》り、そこから晴れ着姿の狂三が顔を出した。

それが、士道が地面に落ちようとしているタイミングと見事に合致してしまったものだから さあ大変。

「な……っ⁉」

「みゅひゃ……っ⁉」

士道はモグラ叩《たた》きのような調子で、影から出現していた晴れ着姿の狂三に激突すると、そのまま綺麗にバウンドして本殿にダイブした。

「あ……ったたたた……」

「な、なんですの……一体何が……」

士道が腹部を、晴れ着姿の狂三が頭を押さえながら、小さなうめき声を漏らす。

するとそれに合わせるように、いつの間にか本殿の横に立っていた巫女狂三が、高らかに声を上げた。

「──き、決まりましたわぁぁぁぁっ！　士道さん、ゴォォォォォ───────ルッ！」

『で、ですわぁぁぁ……っ⁉』

さすがにこの結末は予想外だったのだろう。一拍遅れて周囲に集まってきた分身体たちが、一斉に特徴的な悲鳴を響かせてきた。

「シドー！」

「おお、やりおったな！」

「きゃー！　だーりん素敵ですぅ！」

と、それからまた遅れて、精霊たちが駆けつけてくる。士道は未《いま》だぐわんぐわん揺れる頭を支えながら、どうにか立ち上がって皆の方を向いた。

「お、おう……勝った……んだよな？」

「──ええ、ええ。お見事でしたわ」

士道の言葉に応えたのは、十香たちではなく、つい今し方士道に激突された晴れ着姿の狂三だった。士道の激突によって乱れた髪飾りを直しながら、ゆっくりと歩み寄ってくる。

どうやら境内を走る分身体たちを尻目に、影を使って華麗にゴールを決めようと目論《もくろ》んでいたようだったが──そこに士道が降ってきて台無しになってしまったらしい。まだ頭が痛むのか、よほど悔しいのか、微《かす》かに目尻に涙のあとが残っていた。

「影を使うのは反則ですわよ『わたくし』ー！」

「そうですわー！　ずるっこですわー！」

「そんなだから天罰が下ったのですわー！」

やはりあの移動方法は狂三たちの中でも御法度《ごはっと》だったらしい。周囲の分身体たちから抗議の声が飛ぶ。

しかし晴れ着姿の狂三は「つーん」と聞こえない振りをしながら、言葉を続けてきた。

「まさかあのような方法で逆転を図るとは……悔しいですが運も実力のうち。認めざるを得ませんわね。──今年の福狂三は士道さんですわ」

言って、晴れ着姿の狂三がぱちぱちと拍手をする。

するとと、ぶーぶー不満を言っていた分身体たちも、はあと息を吐いて拍手を重ねてきた。

「はは……、まあ大体みんなのおかげな気はするけど……ありがとう、でいいのかな？

あとは何か福があればいいけど……」

士道はあははと苦笑した。レース前に告げられたとおり、士道にはこれといって具体的な福は決められていなかったのである。まあ、件《くだん》の秘蔵情報とやらが皆に漏れなかったのは福と呼べるかもしれなかったけれど。

「――ふむ」

と、そんな士道の言葉を聞いてか、晴れ着姿の狂三が何やら思案をするようにあごに人差し指を触れさせた。

「確かに、何も福がないというのは、福狂三の名に傷を付けることになりますわね」

「え？　あ、いや、別にそんな深刻な話じゃ――」

瞬間――

士道の言葉を遮るかのように、晴れ着姿の狂三が一歩足を前に踏み出したかと思うと、士道の頬にちゅっと口づけた。

「――――へっ？」

一瞬何をされたのかわからず、キョトンとする。

だが一拍置いて脳が状況を理解し――士道は慌てて身体を震わせた。

「なっ、く、狂三……!?」

「――うふふ。福、ですわ」

言って晴れ着姿の狂三が、ぱちりとウインクをしてみせる。それを見てか、周囲の分身体たちが色めき立った。

「きゃー！」

「『わたくし』ったらやりますわー！」

「ひゅーひゅー！　ですわー！」

晴れ着姿の狂三は、そんな分身体たちを収めるように手を広げると、呆気《あっけ》に取られる士道の目を覗《のぞ》き込むようにしながらもう一度妖しく微笑《ほほえ》んだ。

「まあ、本当は唇にして差し上げたいところですけれど、そういうわけにはいきませんし」

「え……？」

「――ふふ。それでは、ごきげんよう。次にお目にかかるときは、きっと士道さんの霊力をいただきますわ」

そう言って、影の中へと消えていく。

晴れ着姿の狂三だけではない。周囲にいた何百人という分身体たちや巫女《みこ》狂三なども皆、一様に影の中へと潜っていってしまった。

「な、なんだったんだ……」

急に閑散としてしまった境内で、士道は未だキスの余韻が残る頬に触れながら呆然《ぼうぜん》と呟《つぶや》いた。

なんというか……狐《きつね》につままれた感覚である。次の瞬間ベッドで目を覚ましても不思議ではないような気がしてならなかった。

だが――

「シドー!」

「しょうねーん!」

「だーりん!」

精霊たちに名を呼ばれ、士道はハッと現実に引き戻された。

「士道。患部を見せて。今すぐ消毒しなくては。具体的には私のキスで上書きする」

「なに滅茶苦茶《めちゃくちゃ》なこと言ってるのよ折紙! ……そ、それなら、別に折紙じゃなくてもいいじゃない!」

「きゃー! じゃあみんなでだーりんのほっぺにチューするっていうのはどうですかぁ!?

私は奥ゆかしいので最後でいいですよー！　くふふ……だーりんにキスしながら皆さんとも間接キス……これぞ一石十鳥ですぅ！」

などと、今度は精霊たちが一斉に押し寄せてくる。

「わ……ちょっ、待っ……！」

士道は声を詰まらせ、そのまま皆に押し潰《つぶ》されるような格好で地面に突っ伏した。

それが当人にとって福か厄かは別として……どうやら福狂三の御利益《ごりやく》というのは本物のようだった。

DATE A LIVE MATERIAL 2

デート・ア・ノベル

DATE A NOVEL

精霊
コングラチュレーション

Congratulation SPIRIT

TE A NOV

「──乾杯！」

『かんぱーい！』

そんな声とともに、皆が一斉に手にしたグラスをくっと持ち上げる。士道《しどう》もそれに倣《なら》うようにして、オレンジジュースの入ったグラスを掲げた。

今士道たちがいるのは、大きなホテルの中にあるパーティーホールであった。広い空間に幾つものテーブルが置かれ、大勢の人々が談笑している。壁際《かべぎわ》やホール中央には様々な料理が所狭しと並べられ、壇上には『Anniversary Party』の文字が記されていた。

そう。士道たちは今、〈ラタトスク〉の創立記念パーティーに招かれていたのである。

なんだかこういう華やかな場はあまり慣れない。士道は気分を落ち着けるようにオレンジジュースを一口飲むと、ほうと吐息を零《こぼ》した。

「一応〈ラタトスク〉って秘匿組織じゃなかったたっけ……？　こんな盛大にパーティー開いていいのか？」

「心配ご無用よ。ここはアスガルド・エレクトロニクスの系列会社が経営しているホテルで、今日は貸し切り状態だから。従業員も全員こっちの事情を承知してるわ」

すると、隣にいた士道の妹・琴里《ことり》がそう返してくる。彼女はいつもの如《ごと》く真紅の軍服を纏《まと》っていたのだが、珍しくジャケットを肩掛けにはしておらず、きっちりと袖を通してボタンを留めていた。場所が場所だけに、一応正装ということだろう。

「ま、こんなことしてる余裕があるのか、って意見ならわからなくはないけど、こういう息抜きっていうか、レクリエーションも大切っていうのがウッドマン卿《きょう》のお考えよ」

「なるほど。……でも、俺たち普通の格好でよかったのか？　なんだか浮いてるっていうか、妙に見られてるような……」

士道は居心地悪そうに身じろぎした。そう。先ほどから周囲の参加者たちが、ちらちらと士道や精霊たちに視線を送ってきているような気がしたのである。

「そこは我慢してちょうだい。それも、このパーティーの目的の一つなのよ」

「っていうと？」

「〈フラクシナス〉のクルーみたいに、精霊たちと直接触れ合う機会のある機関員ばかりじゃあないでしょう？　だからこの機会に、精霊たちの顔見せをしておこうってわけ。――もちろん機関員は皆各分野のプロフェッショナルだけど、自分たちの保護対象を直接知ってるかどうかっていうのは、仕事に対する熱みたいなものに関わってくるでしょう？」

「ああ、確かにな……」

「──シドー！　琴里！」

と、士道が首肯しながら納得を示すと、それに合わせたようなタイミングで、皿に料理を満載した十香《とおか》がやってきた。

「美味《おい》しそうな料理がいっぱいだぞ！　たくさん持ってきたから一緒に食べよう！」

言って、屈託のない目を輝かせながら微笑む。そのいつもと変わらぬ無邪気な様子に、士道はつられて笑顔になってしまった。

「ああ、ありがとう。いただくよ」

士道はそう言って料理を分けてもらいながら、周囲にいる精霊たちを見回した。

皆の動きは様々である。微塵《みじん》も平時と変わらない様子の折紙《おりがみ》や狂三《くるみ》、どちらが先に全料理を制覇できるか競い合っている耶倶矢《かぐや》に夕弦《ゆづる》、女性機関員にサインを求められ、笑顔で応じる美九《みく》、壁際の椅子にひっそりと腰掛ける七罪《なつみ》と、それを皆のもとに連れ出そうとする四糸乃《よしの》と六喰《むくろ》、早くも顔を赤くしながら千鳥足でふらつく二亜《にあ》──と、一部気になるところがないでもなかったが、一応は皆それぞれにこの場を楽しんでいるようではあった。

と──

「ん……？」

士道はそこでぴくりと眉の端を揺らした。何やら周りの人々がざわめくのが聞こえてき

たのである。

その理由はすぐに知れた。人の波を割るようにしながら、車椅子に乗った壮年の男性が、士道たちのもとにやってきたのだ。

エリオット・ボールドウィン・ウッドマン。円卓会議の議長にして、〈ラタトスク機関〉の創始者である。

「ウッドマンさん！」

「――やあ、楽しんでもらえているかね」

士道が名を呼ぶと、ウッドマンは柔和《にゅうわ》な笑みを浮かべてそう返してきた。するとそれに気づいてか、辺りにいた精霊たちが士道たちのもとに集まってくる。

「うむ、この料理はなかなか美味しいぞ！　シドーのものには及ばんがな！」

「やー！〈ラタトスク〉の機関員さんって綺麗《きれい》な方が多いですねー！　定期的にやりましょうよこういうパーティー！」

「うえっへっへ……世にタダ酒ほど美味《うま》いもんはないってね。おっとウッディが二人に見えるぜ。これが噂《うわさ》のリーフシールド？　しかしエアーマンは倒せない」

などと、反応は様々だったけれど、皆パーティーを満喫しているらしかった。ちなみに二亜は傍目《はため》にも酔いすぎていたので椅子に座らせておいた。

とはいえ、楽しんでいることに違いはない。そんな精霊たちの様子を感じ取ってか、ウッドマンは眼鏡の奥で笑みを濃くした。

「そうか。それならば何よりだ」

そして、どこか遠い目をしながら、続ける。

「――思えば遠くまできたものだ。DEMを出奔してからおよそ三〇年……〈ラタトスク〉を作ったばかりの頃は、ここまで多くの精霊を保護することができるとは思っていなかった」

「ウッドマンさん……」

と、その感慨深げな言葉に、士道が頬を緩めたところで、近くにやってきていた狂三が笑顔を作りながらぽつりと呟《つぶや》いた。

「あらあら、それはそれは。ご友人を裏切ってから三〇周年記念ですのね」

『…………』

狂三の言葉に、ウッドマンが顔を引きつらせ、彼の車椅子を押していたカレンが視線を鋭くし、周囲にいた機関員たちが一斉に息を詰まらせる。

しかし当の狂三は、そんな雰囲気の変化に気づいているのかいないのか、ただニコニコとしているだけだった。

「で、でもほら、ウッドマンさんが〈ラタトスク〉を作ってくれたおかげで、みんな助けられたわけだし！　それに、出奔したのはあの悪徳ＤＥＭだからな⁉　それだけの理由があったんですよね⁉」

　そんな気まずい空気をどうにか変えようと、士道は努めて明るい調子で声を発した。すると、頬に汗を垂らしながらではあるが、ウッドマンも首肯してくる。

「あ、ああ……私もかつては、精霊の力を使って復讐《ふくしゅう》を遂げることばかりを考えていた。けれど、始原の精霊の姿を一目見た瞬間、思ってしまったんだ。意志ある精霊を、自分たちの勝手な都合で利用してしまってよいのか、とね。そしてその判断は、今も間違っていなかったと思っている——」

　ウッドマンの言葉に、周りの機関員たちが感動したようにうなずく。

　が、そんな中、狂三がまたも笑顔のまま言葉を零した。

「なるほど。どこの誰とも知れぬ女に一目惚《ひとめぼ》れして、幼い頃からの親友を裏切ったと」

「げっふげっふ！」

『…………』

　ウッドマンが激しく咳《せ》き込み、機関員たちが顔を真っ青にする。カレンの視線はもはや対象を射殺《いころ》さんばかりに研ぎ澄まされ、彼女が握った車椅子のハンドルはギリギリと軋《きし》みを上げていた。

「……ちょっと、狂三！」

さすがに見かねた様子で、琴里が声をひそめるようにしながら、狂三の肩を叩《たた》く。

「さっきからなんでそんなに突っかかるのよ。ウッドマン卿は〈ラタトスク〉の創始者よ？　彼ほど精霊のために身を砕いている人はいないっていうのに……」

「うふふ、わかっていますわ。だからこそ、これくらいの皮肉で済ませているのではありませんの」

「え……？」

琴里が困惑するように眉根を寄せると、狂三はうふふと笑いながら続けた。

「わたくし、アイザック・ウェストコット、エレン・メイザースに並んで、始原の精霊を生み出したエリオット・ウッドマンという方が、殺したいほど大ッ嫌いですの」

穏やかな笑みを浮かべながら発された、穏やかならざる言葉に、士道は思わず絶句した。

狂三がうふふと微笑《ほほえ》み「では、失礼しますわ」と恭《うやうや》しく礼をして去っていく。……どうやら、本当に皮肉を言うためだけにやってきたらしい。

「す、すみません、ウッドマンさん。普段はあんなことを言うやつじゃ……なくもないかもしれませんけど、なんていうか、その」

「いや……構わないよ。事実には違いないからね。――では、楽しんでいってくれたまえ。私は……少し休ませてもらうことにするよ」

ウッドマンは弱々しい調子で士道にそう返すと、カレンとともに去っていった。なんだかいつもより、少し背中が寂しげに見えた。

「だ、大丈夫かな……」

「まあ、あれくらいで参る人ではないと思うけど……」

と、士道と琴里が汗を滲《にじ》ませながらその背を見送ると、暗く淀《よど》んだ会場の空気をリセットするように、司会者の声がホール中に響き渡った。

『――さ、さて、ではここから、大抽選会に入りたいと思います！　皆様、お手元の番号札をご確認ください！』

「番号札……ああ、これか」

士道はポケットの中から、『511』という数字の書かれた小さなカードを取り出した。会場に入る際、受付で手渡されたものである。

「なるほど、画面に表示された数字と札の番号が合えば景品がもらえるってわけか」

「そういうこと。なんだか今回の景品は豪華って噂よ」

「へえ、一体何があるんだろうな」

士道と琴里がそんな会話をしていると、司会者が『では！』と声を張った。

『早速抽選を始めたいと思いますが、この抽選ボタンを押す大役を――〈フラクシナス〉艦長、五河《いつか》琴里司令にお願いしたいと思います！』

「……へっ？」

突然名前を呼ばれて、琴里が目を丸くする。すると、会場にいた機関員たちが一斉に琴里の方を見、パチパチと拍手をし始めた。

「わ、私？　いや、なんでまた……」

「はは、いいじゃないか。行ってこいよ」

士道が笑いながら背を押すと、琴里はやれやれと肩をすくめながら――しかしまんざらでもない様子で――会場を歩いていった。

そして壇上に立って、機関員たちを見渡すようにしてから礼をする。すると一層、拍手が強くなった。

「いいぞー！　ちびっこ司令ー！」

「きゃー！　琴里ちゃーん！」

などと、応援めいた声もちらほらと飛ぶ。そんな光景を見て、士道は小さく笑ってしまった。――〈フラクシナス〉のクルーのみならず、琴里が〈ラタトスク〉の機関員たちに慕われていることが感じられて、微笑ましくなってしまったのである。

「……ええと、このボタンを押せばいいのかしら？」

『はい。一度押すと画面の数字がシャッフルされ、もう一度押すとストップします。もちろん、五河司令のお持ちになっている番号が表示された場合も当選となりますのでご心配なく』

司会者の説明に、会場から笑いが漏れる。琴里が了解を示すように首肯した。

何だか思わぬ流れになってしまったが、これはこれで面白い。士道は自分の番号札をもう一度ちらと確認してから、当選番号の発表を待った。

が――

『さて、ではその前に、気になる景品は――こちら！』

司会者が勢いよく景品にかけられていた布を剝ぎ取った瞬間。

「な――」

士道は、思わず息を詰まらせてしまった。

それはそうだ。何しろそこに置かれていた景品というのが、

『――「抱き締めるとしゃべる！　五河士道ぬいぐるみ」！　「七分の一スケール五河士道フィギュア」！　「五河士道ファースト写真集・青葉の季節」！　「シチュエーションC

D・俺様教師の鬼畜授業（声の出演・五河士道）」！』

「……エトセトラエトセトラという、士道グッズばかりだったのである。

「いやちょっと待った！　なんだよこの景品⁉　ていうか俺写真撮られた覚えも声録《と》られた覚えもないんだけど⁉」

『――なお、景品の選定・製作は、〈フラクシナス〉ＡＩ・通称「マリア」が行いました』

「おまえの仕業かマリアァァァァァッ！」

士道は思わず叫びを上げた。確かに〈フラクシナス〉のＡＩ・マリアであれば、士道の写真を撮ったり、音声を繋《つな》ぎ合わせて会話を作ることなど造作もないだろう。

しかし、だからといってそれを抽選会の景品にする意味がわからない。実際景品が発表された瞬間、会場にいた機関員たちの間から、困惑や驚きの声が上がっていた。

――が。そこで士道は気づいた。気づいてしまった。

会場の中に潜む、『狼《おおかみ》』たちの気配に。

「…………」

「は……っ⁉」

士道は思わず息を詰まらせた。――近くにいた折紙の姿を目の当《ま》たりにして。

霊力封印の際に繋がれた経路《パス》の為《な》せる業か、はたまた長らく交流を重ねてきたがゆえに可能となった洞察か。どちらかはわからなかったけれど、今の士道には折紙の思考が、手に取るようにわかってしまったのである。

（――会場にいる人数はおよそ一〇〇〇名。景品の数を考えると当選確率はせいぜい一パーセント。でも、私の光速のハンドリングならば、当選者の番号札と自分の番号札を入れ替えることが可能。抽選会荒らし、〈すり替えトビー〉の名は伊達《だて》ではない）

本当に折紙がそんなあだ名で呼ばれているかどうかは別として、そんなことを考えているのはほぼ間違いないように思われた。彼女の鋭い眼光と、自分の番号札を軽やかに操る手つきを見て、ごくりと息を呑《の》む。

「――うふふー」

「……っ！」

しかし、それだけではなかった。次いで、悠然と微笑む美九の姿が目に入る。

（だーりんグッズ……ですかぁ。これは絶対にゲットしないといけませんねー。それこそ、当選なさった方にやさしーく『お願い』してでも……）

別に美九もそんな言葉は発していないのだが、なんだか心の声が聞こえてくる。実際、美九の『声』で『お願い』されてしまったなら、抗《あらが》うことは不可能だろう。

「――きひひ」

「……!?」

と、士道が戦慄していると、今度は狂三の横顔が視界に入る。瞬間、彼女の影がざわっと蠢《うごめ》いた気がした。

（――きひひひひ。普通ならば番号札は一人一枚。けれど、今影の中にいる『わたくしたち』全員が番号札を持っているとしたならば、どうなりますかしら？　もし万が一全て外れてしまったとしても、そのときは――）

「な、何をする気だ……？」

士道は顔を真っ青にしながら震える声を発した。

もはやここは、先ほどまでのパーティー会場ではない。飢えた狼たちが跋扈《ばっこ》する猟場だ。しかも最悪なことに、羊たちは未《いま》だその現実に気づいていない。

「…………」

壇上の琴里も、その雰囲気の変化に気づいたのだろう。どこか緊張した面持ちで視線を巡らす。

『さあでは五河司令！　ボタンをどうぞ！』

しかし、今さらどうすることもできないようだった。覚悟を決めるように琴里が深呼吸をし、ボタンの前に立つ。

「……さあ、私たちの抽選《デート》を──始めましょう」

そして、まるで今から戦いが始まるかのような調子でそう言って、ボタンを押した。

それに合わせて、画面に表示された数字が、目まぐるしく変わっていく。

「…………！」

士道は手と手を組み合わせた。──どうか折紙、美九、狂三に当たってくれ、と祈るように。

いや、別に彼女らに士道グッズを保有していて欲しいとか、そういう意味ではない。ただ、〈ラタトスク〉の一般機関員が当選してしまった場合、『狩り』が始まってしまう可能性があったのである。

彼女らでなくともよい。せめて他の精霊であれば膠着《こうちゃく》状態が作れるかもしれない。百歩譲って、気心の知れた〈フラクシナス〉のクルーでも構わない。頼む──！

「ふっ……！」

士道が強く念じていると、琴里が大仰に手を掲げ──もう一度、ボタンを押した。

目にも留まらぬ速さで変化していた画面に、一つの番号が表示される。

その──『５１１』の番号が。

「………………………………え？」

画面を見たのち、士道は間の抜けた声を発しながら、自分の手に握られていた番号札を見た。

強く祈りすぎたのか、その札はくしゃくしゃになってしまっていたが——そこには確かに、『511』の数字が記されていた。

「…………！」

「…………！」

「…………！」

瞬間、狼たちの視線が一斉に士道を捕捉する。

士道はまだ一言も「当たった」などとは言っていないのだが、どうやら全員士道の番号を把握していたらしかった。

「士道、当選おめでとう」

「おめでとうございます、だーりん！」

「きひひひ！　お喜び申し上げますわ！」

「や——ちょ、待っ……ぎ、ぎゃあああああああああああああっ⁉」

広い広いパーティー会場に、士道の声がこだました。

初出

Kingdom TOHKA

― 十香キングダム

2015年Kingdom秋クール特典文庫

Quest ARUSU

― 或守クエスト

デート・ア・ライブ或守インストール限定版特典スペシャルブック

Reunion RIO

― 凜緒リユニオン

デート・ア・ライブ Twin Edition
凜緒リンカーネイション限定版特典スペシャルブック

Newyear KURUMI

― 狂三ニューイヤー

ドラゴンマガジン2019年4月号増刊デート・ア・ライブマガジン

Congratulation SPIRIT

― 精霊コングラチュレーション

2018年ANNIVERSARY
王道宣言フェア特典記念文庫

富士見ファンタジア文庫

デート・ア・ライブ マテリアル2

令和3年9月20日　初版発行

編者——ファンタジア文庫編集部
原作—— 橘《たちばな》 公司《こうし》

発行者——青柳昌行
発　行——株式会社KADOKAWA
〒102-8177
東京都千代田区富士見2-13-3
0570-002-301（ナビダイヤル）
印刷所——株式会社暁印刷
製本所——本間製本株式会社

ISBN978-4-04-073887-1 C0193 ◇◇◇

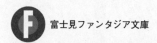

切り拓け！キミだけの王道
ファンタジア大賞
原稿募集中！
賞金
《大賞》300万円
《金賞》50万円
《銀賞》30万円
選考委員
細音啓「キミと僕の最後の戦場、あるいは世界が始まる聖戦」
橘公司「デート・ア・ライブ」
羊太郎「ロクでなし魔術講師と禁忌教典《アカシックレコード》」
ファンタジア文庫編集長
前期締切 8月末日
後期締切 2月末日
公式サイトはこちら！ https://www.fantasiataisho.com/
イラスト／つなこ、猫鍋蒼、三嶋くろね